HÉROS ANONYMES

DU MÊME AUTEUR

Confidences à Allah, Éditions Léo Scheer, 2008
Mon père est femme de ménage, Éditions Léo Scheer, 2009
La Mecque-Phuket, Éditions Léo Scheer, 2010

www.leoscheer.com

SAPHIA AZZEDDINE

HÉROS ANONYMES

roman

Éditions Léo Scheer

À Bouzid

À Jilali

J'aurais bien aimé que ce soit vraiment des Arabes qui pulvérisent les tours jumelles. Ça aurait enfin signifié qu'ils sont de nouveau capables de flirter avec le grandiose. Fini la dérive, bonjour l'audace. Du travail d'Arabes mais de chirurgiens arabes s'il vous plaît. Fiérot, je visionnais en boucle ces images délirantes depuis mon réveil. Très vite le réel détrôna la fiction et je compris tout seul que mon peuple était bien trop étriqué dans son calbute pour foutre un bazar aussi démesuré. Les images n'en perdaient pas pour autant de piquant mais ce jour-là je troquai mon keffieh pour ma casquette des Yankees. Je m'étais réjoui trop vite, aucune performance à signaler du côté des merguez ce 11 septembre 2001.
Mais comme la situation demeurait confuse, je préférais ne rien précipiter et marier les deux, keffieh et casquette des Yankees, comme un bon petit soldat de l'amour et de la tolérance. Et même de la résistance. Résistance à l'inimitié entre les peuples. Ces peuples libres, égaux et fraternels qui ne parviennent pas à pactiser une bonne fois pour toutes et qui taguent tous leurs bâtiments officiels

de cette boutade laxative. Il suffit d'observer les ruses dont on use pour s'approprier l'accoudoir dans un avion et les seuls peinards finalement sont les manchots.
Dans la rue, je tombai sur une journaliste de trottoir qui interviewait les gens à chaud après l'É-vé-ne-ment qui allait tout cham-bou-ler. De platitudes en lieux communs et de cabale en conspiration, le citoyen télégénique à qui l'on tendait une perche s'en donnait à pleins poumons. Mon déguisement n'échappa pas à l'équipe de tournage sur le trottoir d'en face qui en une image avec moi retraçait toute la couillonnade dont j'étais l'objet. Moi le moitié-moitié, souriant et pacificateur, le bon élève basané qui se réhabilite par le chapeau.
Dans ma chambre, j'avais toujours plus de cran qu'à l'extérieur. J'étais plus radical et moins racoleur. C'est vrai que j'avais apprécié, quelques secondes, d'être l'interprète de l'Histoire plutôt qu'un figurant derrière mon écran d'ordinateur qui débloque sur les blogs. La journaliste m'avait posé des questions imbéciles comme on le lui apprenait en stage et s'était délectée de ma tenue vestimentaire qu'elle avait qualifiée de superbe symbole de paix. La connasse. Et moi j'avais souri. Le traître.
Dehors on raffolait des gens comme moi, des métis porteurs d'espoir, commodes et pas renseignés. Je

rassurais par mes mots doux et légitimais par ma peau terreuse. Deux en un, comme la lessive moderne qui adoucit plus qu'elle ne lave. J'inondais mon discours de poncifs conciliants et la journaliste se régalait de ma mollesse intellectuelle. Mais en vrai, ce que j'aurais voulu dire en vrai, le vrai fond de ma pensée, l'inqualifiable vrai, c'était : tant mieux pour ces bouffeurs de chips qui en deux cents ans d'Histoire ont provoqué deux cents guerres. Un jour, eh bien il faut casquer. Et on va vous en foutre plein la gueule. Et j'espère que c'est que le début. Et j'adore voir vos GI's rentrer avec un double orifice ou un crâne cotonneux. Voilà ce que j'aurais voulu dire aux gens mais on m'aurait coupé. En deux.

Les jours passaient et il fallait bien se résoudre à y croire. Dans un élan de bonté onusienne et pentagonale, comme pour leur redonner confiance et foi, c'est à eux qu'on attribuait cette performance artistique exceptionnelle. Bienvenue dans la cour des grands. Fini les martyrs en couche-culotte, bonjour les exécuteurs méticuleux. Peu importait finalement qui avait fait quoi, l'Histoire ne retiendrait que ce qu'on lui dicterait. Le ciment, les architectes, la tour de contrôle ou les musulmans, c'était égal. C'étaient les Arabes qui remportaient l'épreuve avec une mention spéciale « virtuosité ».

Eux et donc moi à demi. Je songeais même à changer mon prénom aigre-doux pour du plus corsé. Mes braves parents issus de la mixité m'avaient appelé Ryan, histoire de ne vexer personne et pour que les deux familles soient apaisées. La schlep et la frouz[1]. Ils s'étaient posé moins de questions pour le reste de mon éducation, refilant l'énigme gazouillante que j'étais à des bouquins, des psychologues et à Mamie qui ne sortait jamais. Ma grand-mère paternelle roulait exagérément les *r* comme pour s'immuniser contre la tumeur occidentale tandis que la maternelle insistait sur les *y* pour combattre les métastases islamistes. Moi au milieu de tout ce fatras interculturelorelgieuxmaisnonmoinsamoureux, je me tapais un prénom rance, condamné à devenir un gamin pasteurisé à vie. Sauf si… Sauf si…
Si ma grand-mère avait des boules, ce serait mon grand-père.

Sauf que mon grand-père n'avait pas de boules. À Pau pendant la guerre, il s'était éclipsé dans la cave. Pour éviter de voir partir les Katz, ses voisins. Et faire du rangement. Dans ses bouteilles. Je ne pense pas qu'il se réjouissait de leur faire du mal mais

1. L'arabe et la française.

leur haie débordait depuis toujours sur son terrain. Il n'y avait pas d'émissions télévisées pour rabibocher les voisins, à l'époque, il fallait bien trouver des solutions adaptées. Et puis, c'est bien connu, ils étaient trop arrogants pour qu'on leur parle directement et qu'on négocie avec eux. D'ailleurs, tout ce qu'ils savaient faire, paraît-il, c'était négocier…
Un petit tour de manège pour rabaisser leur clapet et mater leur toupet. Ils reviendraient tellement pisseux que la clôture ne ferait même plus débat. En fait, ils ne revinrent pas et très vite le véritable débat fut le prix de vente de leurs murs, que mon grand-père dut âprement discuter. Celui des meubles et des tableaux aussi. Car ils aimaient la belle came par-dessus le marché ces gens-là ! Alors forcément, il n'était pas le seul sur le coup, une baraque pareille ce n'était pas banal dans la région. Mais il avait des amis. Beaucoup d'amis. De toute espèce.
C'est là-bas que j'ai eu la chance de passer la plupart de mes vacances d'été. Aussi flexible qu'une gymnaste roumaine, mon grand-père était passé sans scrupules de mouchard à maquisard et d'enculé à honoré. Grâce à son réseau très hétérogène, il avait même réussi à recevoir une médaille. C'était notre maison familiale, notre maison aux pignons verts, celle où mes parents ont célébré leur mariage, entre thé à la menthe et vin d'honneur. Pour les moitiés

d'invités, merci et bon retour. Pour les autres, le dîner se déroulera sous la tente…
Quelle splendide maison. Et cette vue, vous avez vu cette vue ? Admirable…

Moi je connaissais un Juif à l'école. Il paraissait tellement pauvre qu'on le prenait tous pour un Arabe. Mais c'est vrai qu'il était arrogant une fois qu'on savait d'où il venait. Ça devait être son nouveau pays sans clôture qui le rendait invulnérable. Il disait qu'il irait là-bas si ça tournait mal pour lui ici. Cela dit on se faisait quand même bien mettre à l'amende par l'Israël. Ils avaient l'effronterie des nains et la prééminence des géants. Détachée de toute pression, l'Israël traversait le siècle comme une top model qui croise exagérément ses guiboles de rêve sur un podium sans jamais regarder le sol. Mais l'horizon. J'aurais aimé avoir cette dégaine moi aussi mais, avant même de naître, j'étais déjà lambda.

Tout chez moi était légitime, de ma conception à mon éducation. Ma mère et mon père s'aimaient au-delà de leurs différences, ils s'étaient mariés civilement à la mairie puis religieusement dans un jardin, j'étais né dans une clinique conventionnée, j'étais scolarisé dans le privé, je faisais mes devoirs dans une chambre climatisée où j'avais de l'intimité et je faisais mille activités. Sportives et culturelles.

Je faisais des cendriers en cours de poterie et des saltos en cours de gymnastique, des programmes en cours d'informatique et des revers en cours de tennis, du solfège en cours de musique et du théâtre en cours de théâtre. Je ne faisais rien à l'école sauf pendant la récréation : on bastonnait le premier de la classe car, par sa faute, il y avait des derniers.

Je profitais de l'engourdissement de mes parents pour toujours accuser le passé. Ces origines que j'avais tant de mal à harmoniser, cette identité meurtrière qui entravait mon destin. C'était de leur faute si j'allais mal, il fallait qu'ils l'admettent et s'en veuillent à mourir. En réalité, jamais ça ne m'avait posé le moindre problème d'être un panaché, je me bagarrais si on m'insultait et j'insultais pour me bagarrer. Un gosse quoi. On repartait de chez le proviseur la mine déconfite et la nouvelle console de jeu dans le sac de Maman. Je n'éprouvais absolument aucune indulgence à l'égard de l'un et de l'autre. Ils m'écœuraient d'être à ce point désarçonnés. Coupables. Et blâmables. En un tour de passe-passe avec la psychologue, mes catastrophiques notes étaient reléguées au fin fion de l'histoire du collège. Devrais-je dire des annales ?

Mon père tentait de me raconter son père, ouvrier algérien venu à 17 ans à Monceau-les-Mines pour bosser comme un acharné et faire vivre dignement sa famille. Mais il était trop tard, je n'en avais rien à foutre de l'ouvrier au visage buriné, asthmatique et méritant. Mon grand-père c'était Mickey, il m'avait accompagné pendant la rougeole, la varicelle et la rubéole. Je me sentais plus proche de Donald que de ce vieux généreux qui vidait ses placards sur la table lorsqu'un visiteur débarquait.
Toutes ces histoires ne me touchaient pas le moins du monde, elles faisaient partie d'un folklore dont je n'étais pas fan. Ceux qui en raffolaient n'en étaient pas, c'est certain. La méritocratie ça fait fantasmer les privilégiés, ceux qui se répartissent le pouvoir et l'oseille dans une consanguinité à faire pâlir un village du Nord. De pères en fils et de ministres en maîtresses, on laisse parfois un étranger intégrer le système comme un bouillon Knorr en début de cuisson. Si le bouillon a en plus un goût de poule, c'est appréciable…
Non, non, non, moi à l'époque ce que je voulais c'était un look, pas des racines. Il me fallait des marques, pas pour l'identité mais pour m'identifier aux stars. À ceux qui chantent. À ceux qui dansent. À ceux qui marquent. À ces anciens esclaves avec le rythme dans la peau, heureux qu'aujourd'hui les

cotons-tiges n'aient plus besoin d'eux et soient faits par des machines. Ça laisse du temps pour faire la fête. Toujours plus faire la fête. Surtout ne jamais s'arrêter de fêter. Tourbillonner de peur de s'écrouler et de maudire ce qu'on est à l'arrêt. Des esclaves chichement acquittés qui *put their hands in the air* à défaut de les mettre ailleurs.

J'aurais bien aimé inventer quelque chose. La balle. Ou le nœud. Un slogan même. Quelque chose d'absolument essentiel. Rien de scientifique ou de complexe, juste un basique. Avec toutes mes activités de petit garçon, j'étais devenu médiocre en tout. On me célébrait tous les ans en famille, puis à l'école. Enfin, avec des amis. Le jour de mes 10 ans, comme si c'était une date plus importante qu'une autre, toute ma famille avait mis le paquet : *10 ans ça n'arrive qu'une fois mon garçon ! C'est pas rien hein ! Faut les fêter comme il faut !*
Et 11, connard ? 11 ans ça arrive plusieurs fois dans une vie ? T'es pas un peu con comme grand-père ? T'entends encore les conneries que tu dis avec tes oreilles foireuses ?
Il y avait des guirlandes en papier mâché, des M&M's personnalisés avec mon prénom dessus, une machine à barbapapa, des ballons multicolores, des pains surprises au saumon, au thon et au jambon,

des friandises bizarroïdes, du chocolat, de la meringue, des chewing-gums, des chamallows, des pâtes de fruits et des petits bonshommes qui se mangent.
Ma mère avait commandé le plus fabuleux gâteau de la terre. Il me représentait avec mes meilleurs copains en train de jouer à la console dans ma chambre. Dans du massepain plus vrai que nature, on s'amusait à se grignoter entre nous. Les autres mères, jalouses de sa longueur d'avance, imaginaient déjà comment se venger avec un gâteau encore plus sensationnel la prochaine fois. Ma grand-mère Fouzia avait préparé des douceurs au miel pour apporter une touche orientale à mon anniversaire mais elles se sont décomposées en même temps qu'elle lorsqu'elle m'a vu grignoter du jambon, même pas en cachette. De toute façon, ces gâteaux arabes biscornus ne faisaient pas le poids à côté de mes gâteaux américains fluorescents. C'est d'ailleurs ce que j'aurais dû retenir de mes 10 ans.
À la fin de la fête, j'étais en pleine descente. Comme une mariée au lendemain de ses noces. Ou un chanteur à la sortie d'un concert. Ou un terroriste après l'impact. Comment voulaient-ils qu'après ça je range simplement le lave-vaisselle ?
Par délicatesse, on avait ouvert les cadeaux après le départ des invités mais ma garce de mère savait

exactement qui avait offert quoi. Elle reportait dans un cahier la description de l'objet, le gosse qui me l'avait acheté et elle pouvait ainsi évaluer quel genre de cadeau je ferais à mon tour. Le pire c'était quand il y avait un doublé et que je ne pouvais pas profiter pleinement de tous mes nouveaux jouets le dimanche. Ça me plombait à un point. J'avais entre autres reçu Flight Simulator. En me l'offrant, mon grand-père m'avait dit, comme pour se déculpabiliser d'être si peu fantaisiste : « Tu vas t'amuser mais apprendre aussi, peut-être qu'un jour tu deviendras pilote… »
Ils avaient obéi à tous mes caprices et acheté tout ce que j'avais décrété, comme des sujets à leur souverain. Toute mon enfance, ma famille s'est acharnée à me faire plaisir. Ils n'ont éveillé en moi que de l'appétit. Et forcément je n'étais plus jamais rassasié. Depuis tout petit, ils n'avaient recherché que mon bien-être, esquivant la moindre contrainte pour que je sois heureux. Heureux, je ne l'ai jamais été. J'ai été content plusieurs fois. La dernière, ce fut quand aux infos j'appris que les terroristes s'étaient entraînés à piloter sur mon jeu. Là où ce n'était qu'une distraction pour moi, Flight Simulator était leur projet de vie.

Maintenant j'y croyais totalement à la version officielle. Elle me fascinait cette version officielle. J'avais envie de buter tous les justiciers qui voulaient nous faire croire le contraire, les Bigard, Cotillard et autres Meyssan qui prétendaient que c'était suspect comme scénario. Les musulmans visent bien d'une manière générale, ils sont des conquérants, la flèche rate rarement sa cible, le caillou son soldat et la bombe son bouddha. Pourquoi auraient-ils raté une tour de plus de quatre cents mètres ? Après tout, c'était plausible.
En tout cas j'avais besoin à ce moment-là d'une bonne nouvelle et je choisissais de gober la couleuvre cul sec parce que franchement, à 20 ans, j'étais au plus bas mentalement. Il me fallait un petit remontant. La catastrophe du siècle allait me faire la journée. Même un peu plus.
C'était compliqué de jubiler à la maison et de me morfondre à la cafète. Pourtant je sentais bien ne pas être le seul à me réjouir en cachette. De petites insinuations en forme de plaisanteries glissaient entre les commentaires à la cafétéria. On avait beau être fasciné par l'Amérique, on aimait tout de

même faire des croche-pattes aux titans. Au-delà de la prouesse technique, c'est l'amplitude du geste qui me médusait. Il fallait un cran de salopard pour envisager une telle action. Inclassable et fanfaronne. Moi, jamais je n'avais d'impulsions. D'aucune sorte que ce soit. Petit leader que j'étais dans ma famille d'abrutis cajoleurs. Toujours sur le qui-vive pour me satisfaire, trop empotée pour dire stop et vidée de tout instinct.

Je crois bien que mes parents n'ont jamais su que je les méprisais. Ça n'avait pas de sens pour eux puisqu'ils étaient bons avec moi. Pour certains, j'étais un ingrat absolu. Pour d'autres, juste un petit égoïste d'adolescent qui un jour se repentirait et irait les visiter le dimanche comme si de rien n'était. Quand j'essayais de comprendre ce qui me crispait le plus chez eux, je crois bien que le mot qui me venait en premier c'était *timoré*. J'avais des parents timorés, oui, c'est ça !

Je le voyais bien dans leurs yeux vitreux qu'ils étaient totalement déroutés d'avoir un enfant. La joie et les convenances passées, ils n'arrêtaient pas de débriefer comme si j'étais un problème mathématique de quatrième. Sachant que Ryan se remplit de divertissement à raison de cinq heures par jour et que le débit de connerie à la télévision avoisine

les 100 %, combien de chances le jeune Ryan a-t-il de connaître un jour le mot *apostasie* ?
Ils consultaient des amis, des pédopsychiatres, des livres de sciences de la vie ou comment apprendre à dire non à son enfant sans qu'il se défenestre. Ils testaient la manière dure puis le laxisme le plus total, les câlins, la sanction puis l'indifférence mais ça ne durait jamais, ils étaient bien trop dépendants de leur accessoire fétiche, moi le petit Ryan qui ressemblait plus à Papa. Non, à Maman. Le haut c'est vraiment Papa hein. Oui mais alors le bas qu'est-ce que c'est Maman. On va dire les deux alors chérie. D'accord mon amour.

Là où j'aurais dû être une aventure parmi d'autres, j'avais été l'É-vé-ne-ment qui allait tout chambou-ler dans leur vie. Et cette pression, je ne l'ai jamais supportée. Tout le cérémonial qui avait accompagné ma naissance m'avait fait faire une jaunisse. Des visites, des dragées, des fleurs, des gazouillements débiles, des nœuds-nœuds et des cadeaux par milliers. À peine sorti du ventre et déjà accablé par du protocole.
Et la jobardise des grands-parents en compétition pour être les plus appréciés. Une guerre secrète s'était engagée entre Fouzia et Marthe. Elles faisaient comme si c'était merveilleux mais en réalité, dans

le lit conjugal, le soir venu, ça allait de « j'veux pas dire mais bon » à « en tout cas je l'aurai prévenu ». Elles avaient en effet prévenu leurs enfants que ce ne serait pas simple… voire compliqué… probablement intenable à long terme. Non pas qu'on n'aime pas les Français ou les Arabes mais tu sais… enfin, c'est toi qui vois… Ces phrases amputées de leurs mots raides, donc de leur véritable sens, dissimulant toute leur lâcheté dans trois fourbes petits points…

Marthe aimait me prendre en week-end dans l'ex-maison des Katz à Pau. Elle en profitait pour me farcir de tomates du jardin et de catéchisme du dimanche. Si je faisais le signe de croix dans le bon ordre, peut-être qu'on irait acheter une piscine gonflable cette après-midi. Fouzia ramait clairement à côté. Moins aisée et plus ringarde en décoration, il ne lui restait qu'une arme. La soumission absolue. Tout s'articulait autour de ma personne les week-ends que je passais chez elle.

Le lundi matin, sur le chemin entre la maison et l'école, le contraste était violent. Je n'étais plus *mon cœur, ma vie, mes yeux* mais *heps !* Fouzia avait finement jaugé la situation, sûre de la longueur d'avance qu'elle aurait sur Marthe. Jamais des vacances en club et de l'argent de poche facile n'avaient fait le poids face aux cajoleries flatteuses dont sont expertes les grand-mères arabes. Telles des courtisanes, elles ondulent leurs grassouillets culs halals devant leurs fils et petits-fils adorés, servant d'airbags cicatrisants et molletonnés. Enfant, j'étais donc déjà un fin stratège. Il s'agissait d'obtenir le plus de faveurs et je n'étais pas le dernier des abrutis pour cela.

Entre deux voyages, mon père nous réservait des sorties entre garçons. Il surjouait la complicité, flirtant même avec l'acoquinement, ne terminant aucune de ses phrases tellement il était évident qu'on se comprenait en un regard. Mais je ne comprenais rien de ce qu'il me racontait. Il parlait une langue qu'il avait oublié de m'inculquer. Trop pressé d'être français pour de bon, il avait fait l'impasse sur sa géographie et s'était jeté sans filet dans les méandres de l'intégration intégrale.
Mais avec l'âge, comme tous les déphasés, il se passionna pour la généalogie. Ses origines lui éclaboussaient bien entendu la figure et il espérait, comme par magie, m'embarquer avec lui. Les phrases amputées de sa mère résonnaient désormais dans sa tête de déserteur. Pourquoi l'avait-il traitée de vieille mégère rétrograde et intolérante à l'époque ?

En plus de son illumination soudaine, ma mère ne lui plaisait plus. Pourtant il lui aurait suffi de bien regarder ma grand-mère pour deviner un empâtement des attaches et des hanches vers la cinquantaine. Mes parents se disputaient de plus en plus souvent. Pour des broutilles. Mais pas seulement. Enfin, ce qui revenait le plus sur le tapis, c'était de loin les reproches sur mon éducation. Je m'en délectais, moi le caméléon devenu une calamité.
C'était les montagnes russes au ralenti dans notre famille. Nous n'étions plus un modèle d'intégration et de tolérance mais une bande de bâtards qui s'entredéchiraient. Il était loin le temps où ma mère était fière de cocher la case *métis* dans les formulaires d'agence pour enfants mignons. Les couches, les petits pots, la Redoute et le McDonald, je les avais tous coiffés au poteau les fins de race. Ma petite bouille d'ange croisé coïncidait avec les années *Touche pas à mon pote*. Les directeurs de castings me demandaient de bougonner car j'étais plus trognon comme ça disaient-ils. *Fais le dur, fais le bagarreur, ça te va bien !* Et je faisais le dur. Et je faisais le bagarreur. Ça m'allait bien.
Aujourd'hui, quand j'y repense, je pourrais tuer ma mère. M'imaginer dans une salle d'attente avec d'autres morpions contrefaits encaissant tout le

mauvais œil de ces mamans pernicieuses mais souriantes, priant chaque instant pour que l'autre bambin soit trop brun. Ou trop gros. Ou malade le jour du tournage. Pas une leucémie tout de même mais quelque chose de suffisamment handicapant pour être un obstacle de moins la prochaine fois. Je n'ose même pas imaginer ce qu'elle aurait fait de moi si j'avais été une fille. De la chair à pédophiles sur podiums probablement.

Ce n'était pas drôle l'adolescence. Enfin pour eux. Parce que, pour moi, ce sont mes plus belles années. Je m'y suis vautré avec délectation, ne loupant aucun épisode de cette fantastique invention du XXe siècle : la crise d'adolescence. Comment nom de Dieu les jeunes faisaient-ils avant ? La crise d'adolescence, c'était pour moi la trouvaille de l'ère moderne. Pour quelques poils en retard et une quéquette qui se faisait désirer, tout était désormais permis. Je pouvais être insolent, irrespectueux et violent, voire les trois en même temps, personne n'osait broncher car j'étais en pleine cri-se d'a-do-les-cen-ce. Le mot était lâché.
Je m'intéressais à des babioles, je me passionnais pour des futilités mais ce que je faisais avec le plus d'assiduité, c'était me branler. Qu'est-ce que j'aimais ça ! Je passais mon temps à m'assommer la truite sur le lavabo pour libérer l'Actimel.
De comportements excessifs en sautes d'humeur disproportionnées, j'avais presque le droit de mettre un coup de boule à ma mère si elle débranchait ma console avant que je n'aie enregistré mon score. Je dis presque parce que j'avais des limites, moi.

Mais devant un psychologue, je suis persuadé que ça aurait pu passer.
Tel un secret céleste, extrêmement bien gardé et au-dessus de tout soupçon, tous les adolescents occidentaux du monde se délectaient de cette supercherie. C'était Noël tous les jours avec une excuse pareille. La crise d'adolescence invalidait la moindre exigence parentale.
Parce qu'on allait trop mal bordel de merde.
Parce qu'on voulait mourir bordel de queue.

On en abusait comme des sagouins. Du mal-être par-ci, de la dépression par-là, du breakdown à gauche et du burn-out à droite. Avec mon père, je faisais attention car il n'avait pas connu ça chez lui mais alors avec ma mère, la pauvre, j'y allais à fond les ballons. Penaude, elle ne se souvenait même plus de ce qu'il fallait faire quand son enfant exagérait. Elle allait se plaindre dans des réunions avec d'autres mères imbéciles pour partager leur expérience. Elles se répandaient lamentablement pendant des heures. Ces heures justement où je traînais dans la rue avec ma bande de potes homologués et quelques petites suceuses des beaux quartiers.
Je ne sais pas qui leur enseignait cette méthode d'ailleurs mais c'était efficace. Il s'agissait de presser

très fort entre le pénis et l'anus et de relâcher juste avant l'orgasme. Il n'y avait même plus besoin de négocier une faciale, elles avaient toujours des lingettes dans leurs grands cabas monogrammés. Et comme c'était la mode de l'œil charbonneux et du mascara en paquet, ça allait vite pour se remaquiller dans la pénombre.

Quand je rentrais chez moi, forcément pas à l'heure, j'allais dans le lit de ma mère jouer au petit garçon pour lui demander pardon. Je lui faisais un câlinou comme quand j'étais son choupinou et, en un tour de charme, elle capitulait et répondait à mon baiser. Il était important de réguler mes provocations pour ne pas trop envenimer les choses et pour la solliciter à nouveau.

Les grandes vacances approchaient et avec elles les bulletins scolaires. Non pas que je m'inquiétais d'une éventuelle punition mais j'avais besoin d'argent.

J'aurais beau redoubler, être renvoyé de mon établissement et m'être mal comporté avec un professeur, je ne craignais aucune sanction venant de ma mère, incurable d'indulgence. Je m'étais arrangé pour la devancer et l'incarner moi-même cette punition. J'étais sa punition et bientôt je serais son châtiment. Tout ce que je savais c'est que j'allais mal, tellement mal, si mal, moi Ryan l'adolescent en pleine descente, perturbé par les absences répétées de mon père, par mes origines hybrides, par la délicieuse Lou qui m'ignorait et... qu'aurais-je pu ajouter pour plomber l'ambiance ? et par cette déprime que je n'arrivais plus à contenir.

Là encore la crise d'adolescence fut un merveilleux catalyseur de oui en cascade. Non seulement je partais en vacances avec mes amis mais je passais en classe supérieure car mes parents en avaient décidé ainsi. Les professeurs ne servaient plus à rien de toute façon, juste à bêtement enseigner. Mais leur avis, on s'en tamponnait le coquillard. Mes parents avaient ordonné mon passage et, comme à chaque échec, ils misaient sur le temps et sur une prise de conscience de ma part.

Ce que j'allais prendre surtout, c'était des petites Marocaines à Marrakech puisqu'il paraît qu'elles ont un toaster dans le string. C'est en bande qu'on partait fêter la fin de l'année scolaire. Tout était prétexte à la fête dans ma vie. On célébrait n'importe quoi, pourvu qu'on y accole un motif. Les saisons, les noces, les pendaisons de crémaillères, les mariages, les naissances, les examens, les fiançailles, les vacances, les anniversaires, les fins d'années scolaires catastrophiques et la mort.

Mes parents s'achetaient des petits moments d'accalmie en m'accordant plein de trucs. Pourvu

que ce soit loin. Et long. Contre un peu d'argent de poche, je jurais à ma grand-mère Fouzia d'aller visiter une partie de sa famille dans un village paumé mais évidemment j'avais croisé les doigts. Ça ne comptait pas. Après le Maroc qu'on avait bien déglingué, on faisait un Euro-tour en train. Il s'agissait de visiter l'Europe à bas prix. Il n'y avait pas la mer dans le Nord, enfin la vraie, la turquoise, mais il y avait des filles pas farouches à ce qu'on disait. Celles qui ne partent pas en vacances sont les moins pudibondes. Elles ont l'Etna entre les cuisses les Anglaises et elles aiment bien le caramel les Hollandaises. Je n'ai jamais autant baisé que l'été de mes 17 ans. J'ai consumé au moins seize pétasses et trois pucelles.
La compagnie des filles, c'est quand même bien.

Dans mon groupe de copains, j'étais le moins flambeur. Je faisais passer ça pour une sorte de réserve naturelle, mais la réalité, c'était que je n'avais pas trop les moyens de mes ambitions. Je restais assez flou sur ma famille que j'accusais souvent d'être en déplacement. J'avais juste de quoi faire comme si, donc assez pour faire comme eux. Je rackettais littéralement mes grands parents, penchant une fois pour les uns, une fois pour les autres. Ils communiquaient si peu qu'il

était impossible de me démasquer. Car il fallait maintenir un sacré rythme entre jeunes des beaux quartiers.
Mes parents croulaient sous les crédits pour ne pas être dépossédés, tellement il leur était inconcevable de restituer la moindre particule de leur vie douillette. C'est pour ça qu'il fallait être sympa avec Papy et Mamie. Pour qu'ils décramponnent leurs pinces du porte-monnaie domestique. Et qu'on puisse rester centrés. Là où ça se passe. Loin de chez Fouzia, la cinglée qui soigne les brûlures avec du marc de café et la migraine avec des tranches de citron. Celle qui faisait quand même un peu tache sur la photo de famille, mélangeant pois et rayures, mauve et orange.
Lorsque j'allais la visiter dans son pavillon, je m'imaginais toujours le choc que ça procurerait à mes potes de découvrir d'où je venais aussi. Elle me recevait toujours comme un chef d'État saoudien. Elle se courbait tellement qu'elle pouvait apercevoir son dos. Elle essayait de rattraper le temps perdu et de réduire le fossé de nos existences inaccordables. Elle voulait m'inoculer le virus de mes racines, me transmettre ce que son fils ne m'avait pas transmis, trop soucieux de s'intégrer dans une société où tout le monde devait être bénin. Il fallait qu'elle aime sa belle-fille pour ne

pas être un monstre d'intolérance conservateur, mais en réalité elle ne l'aimait pas. Elle aurait préféré une bonne Arabe vierge et sans passé qui ne chicanerait ni sur l'assaisonnement de son tagine ni sur la couleur du papier peint de la chambre. Ma mère lui avait conseillé de passer à une peinture plus mate, elle avait rajouté une frise fleurie exprès.

Installé comme un pacha dans le canapé d'angle bariolé, je lui racontais ma vie en mentant sur presque tout. J'amplifiais le moindre fragment de mes malheurs. Encore une fois, il fallait qu'elle culpabilise devant le petit bâtard que je représentais, un sacrilège pour une Arabe exilée dans un pays d'impies. Elle s'en voulait à mourir que je ne vibre pas aux sons des gnawas, que je ne me régale pas d'amlou, que je ne dise pas *bismillah* et que j'aime la tartiflette. Je n'éprouvais aucun remords à berner ma famille pour leur extorquer un maximum de trucs. C'était mon mode de fonctionnement depuis ma naissance. Je pouvais palper sa détresse et je ne faisais rien pour l'apaiser. Elle était toujours prête à me masser les pieds, les mollets et la nuque dès que je soupirais. Je soupirais.

Ce matin-là, je me réveillai avec une trique d'enfer. J'avais 18 ans et comme le disait si bien mon grand-père, ça n'arrive qu'une fois dans une vie d'avoir 18 ans… Je n'allais pas le contredire, il était capable de m'offrir une voiture ce con. Je me préparai des céréales que j'allai bouffer devant la télé. Je zappai de daubes en daubes jusqu'à la chaîne musicale. Heureusement qu'un clip me rappelait qu'un tremblement de terre avait eu lieu au Sri Lanka. Sur des images de sinistrés flapis, des gens connus miséricordieux nous imploraient de secourir ces corbeaux. En chanson, bien entendu…
Moi, à la place, je me vidais les mangues pour galoper plus vite en ce jour précieux. J'avais aussi mille choses à régler avant le soir. Mes parents devaient être en vadrouille pour mettre au point les derniers préparatifs de ma soirée surprise dans une boîte très privée. Tellement privée qu'il n'y avait personne à mon anniversaire…

J'ai d'abord cru à une farce lorsque mes parents m'ont appris qu'il n'y avait pas de fête prévue ce

soir-là. Quelques instants je crus encore que cette carotte faisait partie de la mise en scène de la surprise mais pour la première fois de ma vie leurs mots cognaient différemment. En gros, ils étaient désolés mais ça ne pouvait plus durer, j'étais majeur et il fallait que je me comporte en adulte. Boum.
Assommé par la violence des propos, je ne faisais que commencer des morceaux de phrases sans pouvoir les finir. Un vide abyssal m'envahit et je bafouillai des débuts de mots qui se brisaient en deux avant de s'échapper de ma bouche.
Je ne parvenais pas à quadriller mon cerveau alors je me levai pour aller dans ma chambre. Mais mon père me saisit par le bras et me fit rasseoir avec fermeté. La poigne n'avait rien à voir avec les précédentes poignes, celle-ci signifiait *Assieds-toi !* avec un point d'exclamation alors que jusqu'ici il s'en était tenu à un point d'interrogation. Je pressentais la fin d'une époque. Après une heure de discussion, je la sentais comme il faut. Un remaniement ministériel pour moi tout seul, destitué de tous mes pouvoirs, dépouillé de mes acquis et privé de mon immunité diplomatique.
Je devais à présent m'en sortir par mes propres moyens, travailler pour acquérir une indépendance financière et payer moi-même mes études. Ma mère, cette dégonflée, parsemait le discours de

mon père de minables petites formules empruntées à ses copines. *C'est pour ton bien Ryan...* Anémié, je terminai ma longue dégringolade sur les genoux, suppliant pour conserver ma télé, mes jeux, mon ordinateur, mon portable, mon système audio, mes enceintes et ma vie.
Mais mon père fut intraitable et, dans le plan de redressement qu'il m'infligeait, seul l'ordinateur put être sauvegardé. Pour étudier, dit-il. Mes parents me retiraient tout sans préavis. Parce que j'étais majeur et vacciné. L'effet *Kiss cool* de l'éducation libérale. J'allais le sentir passer le plan d'austérité. J'ai très vite compris qu'il ne servait à rien de négocier avec mon père, il dégageait ce jour-là une intensité sourde que je ne soupçonnais pas chez lui. De celles qui appellent au renoncement immédiat.
On n'avait bel et bien 18 ans qu'une seule fois dans une vie.

En pleine période d'étiolement psychique et matériel, je cicatrisai mes rancœurs dans des altercations virtuelles. Je venais de découvrir Internet et la formidable liberté qui allait avec. Je naviguais joyeusement dans ce labyrinthe démesuré et il me suffisait de cliquer sur la flèche précédente pour revenir sur mes pas. L'erreur n'était pas grave, la faute pas dramatique, une pression sur la bonne touche et jamais rien n'était arrivé. Je perdais des amis place du Trocadéro mais je récupérais des acolytes, des adversaires et parfois même des détracteurs. Sans la contrainte de me brosser les dents ou de dire merci. Finalement, je multipliais par dix tout ce qu'on m'avait confisqué. Au bas mot. Cent peut-être.

Je conquérais un nouveau territoire où je détrônais tous mes prédécesseurs. Mais aussi tous mes successeurs. Peu importait le site, il fallait que je me répande. Quelle jouissance de pouvoir manifester sa haine sans être gaulé. Aucune limite de langage, aucune barrière éthique, je pouvais me comporter comme un sauvageon d'extrême droite sur les sites islamiques et comme un terroriste propagandiste sur les sites islamophobes. Je n'étais rien à part à contre-courant.

Parfois, pour m'amuser, j'allais aussi sur les sites des gens connus. Non contents d'être célèbres, ces enfoirés voulaient aussi être aimés. Ils prétendaient tous ne pas lire les critiques qui les concernaient, se nichant présomptueusement au-dessus de nous. Mais pourtant, c'est bien ce qu'ils faisaient en premier ces trouillards dans le noir, encore émerveillés d'avoir su tromper la vigilance de leurs fantômes pour se retrouver dans la lumière. Ils avaient beau jouer aux artistes, ils dépendaient de nous. Et donc de moi. Une simple pression sur un bouton de télécommande et ils disparaissaient à tout jamais. Cette angoisse les poursuivait à vie et derrière des airs assurés, se cramponnaient des pleutres en larmes déféquant dans leurs frocs siglés. Ils ne carburaient qu'à la flatterie mais nous étions là pour les violer quand bon nous semblerait, c'est-à-dire à l'improviste.

Les pires étaient ceux qui avouaient à demi-mot avoir choisi la lumière pour combler un manque de reconnaissance, entre deux sourires timides et mis en scène. Ils pensaient nous attendrir parce qu'ils se dévoilaient alors qu'on se fout de leur vérité, on veut juste être divertis. Tous ces gens avaient refoulé des années d'humiliation (passage obligé pour accéder à la lumière) et désormais ils se fichaient de mon avis, alors que j'avais été une des clés anonymes de leur jaillissement. Et ma reconnaissance à moi ?

J'inondais la toile de commentaires racistes, misogynes, bileux et agressifs, je me figurais un instant que la personne concernée parcourait le site *juste comme ça, juste pour voir, juste pour rigoler*... Car ils avaient beau fanfaronner, notre opinion les ébranlait, ces pitres ébréchés toujours entourés de leurs agents colmateurs. Ils s'exposaient trivialement dans les magazines pour que je croie à leur histoire d'amour, pour que j'aime leur nouveau film, pour que j'écoute leur nouveau disque, pour que je lise leur nouveau livre et pour que je donne aux Haïtiens. Et moi, en retour, je n'aurais pas le droit d'appeler au viol collectif d'une traînée trop en vue, au lynchage public d'un bouffon humanitaire, à la pendaison d'un chanteur de merde ? Et puis quoi encore ?

Ce qui était réconfortant sur la toile, c'est qu'on me répondait. À défaut d'être célèbre, mes pseudonymes le devenaient de plus en plus. J'avais une accréditation pour n'importe quel événement et je me faisais le chroniqueur de toute l'actualité. Je valais largement les guignols interchangeables des débats télévisés, qui ne posent jamais la vraie question aux hommes politiques : il est passé où l'argent ? Ils avaient tous envie de répondre *dans mon cul* mais, comme c'était vrai, il valait mieux ne pas trop plaisanter avec ça.

L'État avait mis en place un système que plus personne ne pouvait comprendre, qu'on soit ignares ou pas. C'était une espèce de mikado englué dans de la merde d'obèses dysentériques, irrécupérables et indéboulonnables. Alors forcément, pour retracer le chemin de l'argent, il ne fallait pas avoir peur de mettre ses mains dans la mélasse et de se gratter le cul avec un compas.

Sarrasin19 à mes heures, je ne me posais jamais en victime dans mes échanges avec YgalAmir7 ou Ary-En69. D'égal à égal, on s'entretuait à la loyale, troquant parfois nos idéaux pour le meilleur jeu de mots, le plus glaçant, celui qui irait encore plus loin, là où c'est interdit normalement, mais là où on récolte le plus de commentaires, positifs ou pas, peu importe. Comme dans une guerre des gangs de la côte Ouest, l'inadmissible était légal. Les touches de mon ordinateur sursautaient à chaque compression, découvrant avec effroi le mot que je venais de balancer et se bloquant à l'idée de celui que j'allais recevoir en retour. Comme un compositeur génial, je tapotais sur mon clavier avec frénésie pour les exterminer simultanément, Ygal et Ary.
Et puis, sans même avoir besoin de changer de pyjama, je permutais en CharlMartel7, prêt à arroser mes ennemis mahométans d'imprécations blasphématoires et d'injures à leurs mamans. Il y avait une chose que les islamiens ne supportaient pas, en plus de la cochonnaille, c'était l'outrage à la maman. Ils avaient le droit de la traiter comme une bonniche à vie mais ils ne toléraient aucune

insulte qui pouvait la diffamer. Moi je n'avais pas ce tabou et je la maudissais chaque jour davantage, la mienne. Encore plus depuis que mon père l'avait quittée pour une jeunette et qu'elle ne s'en remettait pas. Elle pleurnichait sans dignité dans son lit en se torturant les méninges pour comprendre comment il avait pu. Toutes ces belles paroles qui sonnaient si juste dans la bouche de cet Arabe moderne et convenable. Pas comme les autres. La perle rare. Celui qui avait la tête sur les épaules et qui l'aimait avant tout pour son… énergie… Une *énergie* qui n'avait pas fait le poids devant l'offensive d'une pimpante intrigante dont l'audace n'avait d'égale que la profondeur de son bonnet.
Après m'avoir castré de tout pour mes 18 ans, il avait embarqué pour un nouveau voyage avec une jolie Maghrébine sans papiers, mais folle amoureuse. Elle était belle, c'était évident, plus belle que ma mère, ça allait de soi, mieux roulée, c'était facile, et plus jeune, c'était fatal. Elle avait éclipsé le brouillon initial en un coup de Typex, qu'elle se badigeonnait sur l'extrémité des ongles pour faire chic. Lorsqu'il venait m'inspecter un week-end sur deux, ça finissait toujours en drame avec ma mère qui lui reprochait de l'humilier avec cette traînée.
Moi, scientifiquement, je comprenais qu'il bande plus pour sa nouvelle nana que pour ma mère.

Moralement certes, il y avait match. Mais la morale demeurait pour moi un sujet de philosophie au bac, difficilement harmonisable avec la vie de tous les jours. Elle tentait vainement de le raisonner à la porte mais Cupidon triomphait inexorablement et il s'en allait sans se retourner, avec son nouveau jean taille basse, artificiellement troué au genou et une chemise un peu plus serrée qu'avant même s'il n'avait pas grossi…
Ma mère, dans un état déplorable à chacune de ses visites, me forçait à prendre parti pour elle, me commandait de le détester et hurlait qu'il était grotesque. Elle retournait chez ses copines où elles se consolaient entre vieilles et grosses. En troupeau de corbacs, elles se donnaient rendez-vous dans des bars pour s'amuser et reprendre du poil de la bête. Sauf que la bête était déplumée et qu'il leur fallait au moins une dizaine de *conso'*, comme elles disaient, pour se retourner le cerveau et enfin s'amuser.
Grosse, vieille et alcoolique, ma mère était bel et bien ce que je pensais d'elle, une femme friable, idiote et romantique. Elle y avait cru à ses vœux rédigés en une nuit avant sa cérémonie. Celle qu'elle avait orchestrée comme un rituel d'initiation franc-maçon, ne laissant rien au hasard, même la larme au moment de l'enfilage. De l'anneau. Elle avait tellement rêvé de la couleur des pétales

parsemés sur les nappes crème à la typographie *originale* des faire-part que ce fut le plus beau jour de sa vie.

Plus jeune, j'avais regardé le film (*professionnel*) de leur mariage. J'étais trop petit pour saisir toute la ringardise de l'événement. En me le montrant, elle voulait m'assurer que *j'étais le fruit de l'amour et que son Papa et sa Maman s'aimaient d'amour et que quand il y a de l'amour, c'est merveilleux car l'amour est plus fort que tout...* J'étais vachement rassuré, au point que je passai ma journée à vouloir porter moi aussi une robe blanche et danser sur les Bee Gees. Quand mon père rentra le soir et qu'il me vit ainsi, l'amour d'amour que j'incarnais se prit une grosse fessée parce qu'*on ne met pas de robe quand on est un garçon.*

Aujourd'hui j'aimerais lui dire qu'il aurait peut-être dû un peu plus jouer aux Barbie petit garçon pour leur lâcher la grappe à 50 ans. Tous ces robots, ces soldats et ces camions de pompier qui fusionneraient avec des poupées, des Barbie et des dînettes. Je ne l'ai jamais avoué à mes parents, mais une fois, vers 6 ans, j'ai appelé le service client sur la boîte pour réclamer de longs cheveux sur mes Playmobil. Moi aussi j'avais envie de coiffer, tresser et habiller mes bonshommes. On me répondit que c'était impossible. Pourquoi ? Parce que. Parce que, ce n'est pas une réponse. Tais-toi et va jouer dans ta chambre !

De ma chambre, j'entendais ma mère sangloter bêtement. À moitié saoule, elle revisionnait le film (*professionnel*) de son mariage pour ne pas perdre totalement la boule et se souvenir que ça avait eu lieu. J'allai m'allonger à côté d'elle, par indulgence. Elle me détailla sa robe et les motifs papillon très discrets sur la traîne, les chaussures recouvertes de la même dentelle que la voilette, la charmante robe très chargée et très colorée de Fouzia, le gâteau de plus de cinq étages aux cinq chocolats (si, si, il y avait cinq sortes de chocolats différents), le groupe de musique qu'elle avait décroché en exclusivité et les merveilleux cadeaux de mariage qu'ils avaient reçus. Et commandés.

Je sais que je suis mal placé pour dire ça, mais quand on réfléchit un instant, un tout petit instant, une micro-seconde, les listes de mariage, c'est quand même une invention de fils de pute, non ? Déjà, vouloir partager son amour et son bonheur avec des proches, c'est étrange, mais réclamer insidieusement des cadeaux en faisant une liste, c'est vraiment bâtard. On n'en parle jamais ouvertement, on torche ça comme une transaction financière frauduleuse et on reçoit quelques mois plus tard un merveilleux faire-part de remerciement avec une typographie *originale*, qui rappelle les tons de la soirée, or, beige, sable avec une touche de framboise écrasée.

Alors que je sortais de sa chambre, elle m'avoua tendrement que, malgré sa robe blanche, j'étais déjà dans son petit ventre. En refermant la porte, je ne lui avouai pas que je n'en avais rien à foutre. Elle avait déjà les yeux embués de toute cette poudre aux yeux gravée sur bobines, une célébration inutile de plus qui avait le goût de la valorisation mais l'odeur du purin. Elle s'endormit rapidement, se promettant que demain serait un nouveau jour. Même si ce n'était pas vrai du tout. Même si elle n'avait plus de statut social puisque j'aperçus les papiers du divorce sur sa table de nuit. Bonne nuit Maman.

Pour le passage à l'an 2000, le monde faisait les choses en grand. Ça pétait un peu partout sur la planète, beaucoup en Russie, raisonnablement en Palestine et minablement en France, à Quévert dans un McDonald des Côtes d'Armor, attentat revendiqué par un indépendantiste breton, faisant un seul petit mort. Par contre, au Yémen, au Pakistan et au Sri Lanka, les Tigres tamouls et leurs voisins prolongeaient la saga en se décimant les uns les autres pour des raisons diverses et avariées.

Cette bonne vieille catin d'Organisation des Nations unies répartissait les bons points et les avertissements en intérimaire de la politique. Elle dénonçait, condamnait, appelait à plus de retenue, s'émouvait, suppliait, sanctionnait, fustigeait mais jamais elle ne sortait les doigts de son cul pour foncer et talocher les mauvais élèves. Des représentants de plusieurs minorités métèques se passaient le relais à la tête de l'organisation, qui regorgeait de fonctionnaires très préoccupés mais aussi très fictifs. À côté des Nations unies, le RPR c'était un kibboutz. Mais en tellement plus chic.

Avec YgalAmir7 et Ary-En69, on continuait de se pourchasser sur la toile, on ne s'essoufflait jamais dans notre guérilla des opinions. On s'emballait et on se promettait de revenir très vite se chercher des noises. Demain, en rentrant de cours. Ou après le service de 22 heures. Je m'étais inscrit comme ça en histoire et j'étais serveur le soir dans un restaurant à la mode. Je présentais bien et un de mes anciens copains m'avait recommandé par l'intermédiaire d'un oncle, roi du cintre dans le Sentier. Ancien, car on ne traînait plus ensemble. Sans vraiment en parler, notre amitié s'était désagrégée, comme ça, sans heurts, vers 18 ans, quand je n'avais plus pu enchaîner les soirées, les sauteries et les filles. Quand mon père fit de moi un Arabe avec des problèmes d'argent plutôt qu'un teenager désinvolte. Déjà, le soir de mes 18 ans, ma bande avait cru à une blague, ne planifiant rien, sûre d'être prévenue à la dernière minute, par mon père ou par ma mère.
Quelque temps après, ma grand-mère Fouzia s'est installée à Marrakech dans une maison témoin achetée sur catalogue, son rêve, tandis que Marthe n'en finissait plus de sponsoriser le compte en banque affamé de ma mère. Elle s'était fait licencier d'une marque de cosmétique de luxe pour dégraissage économique. En réalité, la très chic marque retirait ses produits de plusieurs centres commerciaux

de banlieue et de magasins trop péquenauds, préférant hydrater des peaux laiteuses plutôt que celles des Noires, des Arabes et des pauvres.
Déjà qu'ils s'étaient approprié le crocodile national, il fallait être vigilant sur ce mélange des genres très malvenu. De toute façon, la crème Nivéa c'était bien suffisant. Et pas cher. Les racailles qu'ils ne voulaient ni hydrater ni maquiller ne soupçonneraient jamais qu'elles subissaient là un véritable apartheid cosmétologique, préférant se rabattre sur un poudrier d'une marque concurrente moins regardante sur ses clients. Ou alors, attendre *de monter sur Paris* pour se l'acheter dans un magasin plus convenable.

C'est fou tout de même comme une existence peut subitement s'évaporer. Un jour ça tient et le lendemain ça ne tient plus. Un jour je suis persuadé que tout va bien et le lendemain je suis sûr que ça ne va pas du tout. Un jour j'habite dans un bel appartement et le lendemain j'habite dans un moche. Un jour je suis un jeune. Le lendemain, je suis un Arabe.
Je ne m'étais encore jamais rencontré mais ceux que je croisais dans la vie de tous les jours me rapatriaient constamment à ma source. Je n'avais jamais ressenti ce verdict auparavant. Jusqu'à

présent, j'avais été un petit garçon mignon, puis un adolescent exaspérant. Majeur, je devenais une statistique du ministère des Affaires sociales, de l'Intégration, de l'Immigration, de la Solidarité, de la Justice et, par intermittence, du Travail. Je n'étais plus hâlé mais basané, comme les bébés africains qu'on trouve d'abord trognons. Plus tard foncés. Finalement obscurs.
Je n'avais de musulman que les problèmes désormais. Cette maudite majorité serait à tout jamais l'É-vé-ne-ment qui avait tout cham-bou-lé dans ma vie. Une aubaine pour mes parents qui voulaient de toute façon freiner leurs dépenses et qui en avaient assez de mes crapuleries. Ils m'avaient suralimenté pendant dix-huit ans et me faisaient passer en un claquement de doigts à du goutte-à-goutte pour mon entrée dans le monde des adultes. Un vrai traquenard cette majorité.

Je n'y connaissais pas grand-chose à tout ça, la religion, les terroristes, les musulmans. Je savais qu'ils n'avaient pas la cote en général, qu'ils étaient souvent mêlés à des histoires nauséabondes, qu'ils avaient un terrible retard en *image et communication*, qu'ils s'enflammaient vite et que leurs femmes étaient les plus malheureuses du monde. Ma mère devait être musulmane sans le savoir.

Ces anonymes malchanceuses de pays arriérés inondaient nos médias, entre faits divers et cause nationale du dimanche, elles volaient la vedette à nos paysans, nos ouvriers et nos vieux esseulés. Pas un magazine ni un journal télévisé sans qu'on mentionne une de ces nanas défigurées qui faisaient diversion à la télévision. Et qui allaient de toute façon mourir vu que c'est écrit dans le règlement de leur religion. C'est fou tout ce que j'apprenais sur internet.

Depuis qu'on m'avait tout retiré, je ne m'étais jamais rebellé. Je savais que ce qui se profilait n'aurait rien à voir avec ma vie d'avant, comme si j'avais toujours su au fond de moi que je ne valais pas mieux qu'une colonie israélienne et que mon sort, inéluctablement, était d'être démantelé. Je préférais me réjouir d'avoir pas mal profité et de toute façon, sans thune, je ne savais pas comment m'y prendre.

Mais j'éprouvais aussi une forme de jouissance dans mon adversité, un peu comme un sadomaso bâillonné suffoquant avant de venir. La célèbre loi des séries m'avait terrassé. Mes copains, mes grand-mères, ma petite cour, tous m'avaient répudié comme une loubavitch stérile avec pour seul motif *la vie quoi, la vie qui continue, les chemins qui se séparent et la vie qui change quoi...*

Par contre, sur la toile, personne n'avait le droit de m'abandonner car je faisais partie avec mes fantassins d'un mal nécessaire. Nécessaire à l'amélioration du monde. Pour qu'une vague de paix et d'amour se propage, il fallait qu'elle s'oppose à mes commentaires infâmes. Gandhi11 et BubbleLove00 n'existaient que par moi, sinon ils iraient jouer à la belote et ne se préoccuperaient même pas du monde dans lequel on vit. J'étais le déclencheur de leur conscience politique et pour ça personne ne voulait me remercier. Ils pensaient nous esbroufer avec leur passion pour la tolérance et la fraternité mais ça n'était pas inné, c'était en réaction contre moi.

J'acceptais de jouer le mauvais rôle, au même titre qu'un ministre de l'Immigration, et pourtant ils ne cessaient de m'évincer de leur matrice enchantée. Mais, qu'ils le veuillent ou non, j'en étais un des principaux maillons. Sarrasin19, YgalAmir7, Ary-En69 ou CharlMartel7, nous faisions en sorte que toute cette bande de Bisounours007 aillent bien. Se sentent bien. Et paradent même. Ils avaient beau assurer qu'ils ne reviendraient plus jamais perdre leur temps avec des connards comme nous, ils revenaient. Toujours. Tout le temps. En rentrant de la piscine. Ou de boîte.

J'avais enfin compris que je leur étais indispensable, que l'axe du Bien ne se motivait que par l'axe du Mal et que c'était un clan comme un autre. Contrairement à ce que disaient les nuls en sciences, je consolidais l'équilibre du cosmos. Les gens en général n'aiment pas être dérangés dans leurs convictions ni être bousculés pendant leurs

flâneries en bord de mer. Les gens veulent s'éclater sans se préoccuper. Ils veulent adorer Michael Jackson sans rendre grâce à son épouvantable père, Joseph.
Ils ne l'ont même pas laissé assister aux obsèques de son fils martyr. Pourtant, sans lui, Michael ne serait qu'un Noir de plus dans une prison américaine et nous, on danserait encore sur les Forbans. Je me sacrifiais pour être le Joseph de la toile et la haine que je recevais en retour m'indiquait que j'étais sur la bonne voie. Je n'étais pas apprécié du tout. Ça m'interpellait. On me traitait de monstre. Pourtant *BubbleLove00, je t'assure que je suis un beau mec. Bien monté en plus. Avec une queue monstrueuse. Viens voir ma belle, n'éteins pas déjà salope…*

Pour la Saint-Sylvestre, j'étais en vacances chez Fouzia avec mon père et la nouvelle femme de sa nouvelle vie. Son adoration pour les imprimés léopard défiait toutes les lois du bon goût. Elle avait converti ma grand-mère qui trouvait que des banquettes fleuries et des coussins panthère, ça faisait distingué.
Dans sa maison résidentielle en carton, elle allait et venait comme une puce d'eau de mer en manque de sel. Elle me faisait visiter son palais mauresque

avec des airs d'altesse royale omnipotente. Ces airs qu'ont les anciens esclaves lorsqu'ils se transforment en nababs. *Alors là tu vois, c'est la cuisine. Et ici ce sont les toilettes. Moi j'ai pris cette chambre parce que je préfère avoir la vue sur le jardin, là c'est une autre chambre, ici c'est la salle de bain, elle est belle hein la salle de bain ?*

Je n'ai jamais compris pourquoi les gens qui emménagent dans un nouvel endroit se sentent obligés de nous faire visiter les lieux. À moins que ce ne soit le château de Versailles, qu'espèrent-ils nous entendre dire devant une cuvette de WC en céramique ou une cuisine équipée en bois ? *Ah oui, c'est sympa…* Encore une figure imposée pour suivre l'usage. Alors je m'y pliais et je la rassurais d'un *Wow…*

Surtout quand j'aperçus la bonne dans la cuisine. Une espèce de petite montagnarde drôlement aguicheuse et toute trempée, à quatre pattes, en train de nettoyer le sol avec sa serpillère. Ma grand-mère n'était pas tendre avec elle et justifiait ses manières un peu rêches par une soi-disant mauvaise réputation qu'elle trimballait dans le quartier. Mais elle était efficace et sacrément appliquée. Pratiquement bénévole si on comparait au tarif horaire de la métwopole.

Elle avait retroussé son pantalon pour que j'aperçoive ses chevilles et remonté ses manches pour me montrer qu'elle n'était pas poilue. Elle frottait puissamment pour me signifier qu'elle avait de l'endurance et s'épongeait le front comme dans un clip de rap érotique. En passant dans la cuisine, *Oh oui, elle est belle la cuisine Fouzia*, je la saluai brièvement et je m'arrangeai pour qu'elle croise mon regard chafouin. Elle m'appela immédiatement Sidi.

Qu'est-ce que j'aime cette réactivité chez les femmes arabes. Ce n'est pas en France qu'une bonniche serait aussi avenante, avec tous les droits et les numéros verts qu'elles accumulent, on ne pourra bientôt plus leur demander de laver nos caleçons sales sans qu'elles réclament une indemnisation.

En tout cas, la présence de cette petite servante égayait mon séjour en famille et avec lui, ma fin d'année. Il me restait des tics de privilégié, qui plaisent beaucoup aux souillonnes. Mon air supérieur quand je lui demandais un verre de lait l'intimidait et celui que je prenais pour réclamer mes pièces de monnaie laissées sur la table la terrorisait. Sauf que je n'avais pas laissé de pièces de monnaie sur la table. Au Maroc, je n'avais que des billets dans les poches. De dix, de vingt et de cinquante. Dirhams, c'est vrai...

On allait dépenser nos pépètes éphémères au souk, sur la place et dans des restaurants *chill et lounge* merdiques. Encore un engouement occidental polluant qui dénaturait le panorama. Je m'y emmerdais à mourir. J'y avais pourtant passé du temps il y avait quelques années avec mes copains, dans ces nouveaux bars où les sièges ressemblent à des lits et où la décoration empeste le simili. Du faux baroque pour de faux fêtards avec de la bouffe aussi sophistiquée qu'une pute sur le déclin.
Les gérants, souvent français, débarquent avec l'attitude d'un grand patron pour serrer les pinces des habitués et cadrer Abdelkader qui se trompe toujours dans le placement des couverts. Mais en arabe. Car ils ont appris l'arabe. Et qu'ils sont devenus de vrais Marocains eux, tellement ils aiment ce pays fabuleux. Pas comme ces bougnoules de France qui refusent de s'intégrer.
Mon père voulait à tout prix faire plaisir à sa panthère qui, tout droit sortie de sa favela, raffolait de ces endroits aristocratiques et commandait *un jus d'orange de pomme s'il vous plaît...* Elle nous fichait la honte avec son accent de péquenaude mais sa plastique de rêve déviait illico nos oreilles sur ses seins juteux compressés dans un corsage zébré et rehaussés par un soutien-gorge rembourré.

Pour Fouzia, elle avait beau ressembler à un tapin, elle était arabe. Comme son fils. Et comme tout le monde. Ma grand-mère préférait une courtisane d'origine plutôt qu'une pimbêche française car elle savait qu'un jour la dresseuse de félins retrouverait le chemin de la respectabilité en pondant un pur-sang comme elle en rêvait. Mon père avait très envie d'un autre enfant. Il ne le raterait pas celui-ci. C'est ce que j'entendais quand il me regardait. Il en ferait un fils. Pas un fiston.
Je m'arrangeai les jours qui suivirent pour rester à la maison, entre mon ordinateur, la bonne et la piscine de la résidence. Il faisait un peu frais pour se baigner mais c'était toujours mieux que de les accompagner acheter un ixième cendrier ocre ou une paire de babouches roses, pour Gérard, un pote du boulot qui est fan du Stade français. La bonne continuait de m'aguicher en astiquant la terrasse bourgeonnante. Je pouvais la voir d'en bas se mettre en scène entre les bougainvilliers et le grillage en fer forgé. Elle prenait soin de se pencher sans s'agenouiller pour m'enflammer davantage. Elle allait me trouver bientôt, c'est promis.

Le soir du Nouvel An, mon père avait réservé une table dans un restaurant fusion-lounge-bar-boîte. On ne savait pas trop s'il fallait danser, manger, dormir ou boire. La musique d'ambiance ne valait pas mieux que le message d'attente d'une compagnie d'assurances et la bouffe, sa cantine. Tout le monde s'était mis sur son trente-deux pour faire la fête parce que, comme dirait mon grand-père Christian, *ça n'arrive qu'une fois l'an 2000 hein, faut le fêter dignement...*

La petite-bourgeoisie marocaine et le prolétariat français en vacances se préparaient à décompter en se passant de table en table les sifflets et les chapeaux rigolos. Je priais pour qu'une fois arrivé à zéro, les prophéties de Raël soient exaucées et que tout le monde explose. Mais ça n'arriva pas. Ils se firent tous la bise, chaque Roland n'attendant que de pouvoir serrer une petite Farida dans ses bras.

Les serveuses étaient tenues de ne jamais contrarier les touristes sous peine de dézinguer l'économie du pays qui reposait quand même entièrement sur cette clique de paillards lubriques. Comme c'était les vacances scolaires, les Roland avaient dû embarquer

Christine, Lou et Mathis. À deux heures de Paris, ce dépaysement total faisait un bien fou aux familles désespérées par l'actualité, les catastrophes naturelles, les mensonges de guerre, les impôts, le cancer et le chômage. Certains d'y goûter bientôt, ils venaient se requinquer chichement tant qu'ils pouvaient se le permettre, surtout que Lou adorait les tatouages au henné et Mathis les balades en chameau.

Je ne fis la bise à personne et prétextai une rage de dents pour rentrer en taxi. J'avais peur que Fouzia veuille m'accompagner mais, contre toute attente, les endroits chic et choc de Marrakech semblaient la réjouir. Sur le trajet, je repensai à mes soirées d'adolescence, celles où j'avais fanfaronné sur les tables avec une bouteille de champagne à la main, celles où j'avais galoché des avions atomiques et vomi dans le sac des moches en me prenant en photo avec mes copains, celles où j'avais décompté moi aussi, *quatre, trois, deux, un, zéro, bonne année...*

En arrivant à la maison, tout était éteint. La coquine la jouait sensuel. Elle faisait forcément semblant de dormir et s'impatientait que j'aille la réveiller. La question c'était : brutalement ou délicatement ? Avec tous les signaux affriolants qu'elle m'avait lancés depuis le début de mon séjour, je crois bien qu'elle

n'aurait rien contre un peu de barouf. La mise en scène fonctionnait au-delà de ce que j'avais imaginé. Elle savait quoi faire pour m'attiser et ça commençait à me remuer. Cette petite friponne sortie de nulle part me concoctait un Nouvel An sur mesure.
Derrière la porte de sa piaule, elle amplifiait ses ronflements pour taquiner le jeu et m'inviter à la bousculer sans ménagement. Ce que je fis.
Elle hurla comme je l'avais espéré mais se débattit avec un peu trop de vigueur à mon goût. Elle était rustre certes mais de là à me décocher un coup de poing dans le nez puis à me griffer la joue au sang, ça me semblait démesuré. Et puis je n'arrive pas à bander quand j'ai mal, je n'ai jamais été un adepte des pratiques sadomasochistes, je ne suis pas du genre aventurier lorsqu'il s'agit de ces trucs-là. Elle m'acheva en broyant mes jumelles de toutes ses forces et c'est moi cette fois qui hurlai de douleur. Elle ne desserra pas sa poigne avant de me sentir totalement flasque, incapable de décliner mon identité. Enfin, elle retira ses ongles de ma douillette chair.
Lorsqu'elle alluma la lumière, elle bondit en arrière en s'écriant *Sidi, c'est vous ?* Oui c'était moi et j'avais mal aux boules. Je saignais du nez et sanglotais des joues. Elle ne sut pas quoi faire les premières secondes et, dans un ultime accès de colère, elle

m'asséna un énorme coup de pied dans l'estomac en beuglant dans sa langue de schlep. Recroquevillé sur son matelas décati, je me bagarrai pour retrouver une once de panache et pour sortir de là debout mais c'est à quatre pattes que je déguerpis. À quatre pattes, comme elle lorsqu'elle faisait le ménage et qu'elle m'allumait comme une putain.

Je ne les avais pas rêvées toutes ses positions équivoques pour m'exciter pendant ses corvées. Son petit manège de polissonne en guenilles était bien rodé pourtant, elle avait soigné chacune de ses minauderies pour m'attirer vers elle. Je n'étais pas fou, seulement je n'avais pas été assez méfiant. Une bonniche inoffensive peut-être mais une femme avant tout. Une acrobate de la manipulation doublée d'une pute sans excuses.

Elle n'était même pas si belle d'ailleurs, c'est vraiment la perspective d'un séjour barbant en famille qui m'avait fait m'emballer. Et puis elle puait la salissure, celle qui se niche dans l'écorce de la peau et dans les recoins des ongles. Elle empestait l'encrassement des vermines de son espèce, embaumées dans leurs déjections de pauvres. Elle puait la félonie des femmes soumises qu'on a, par mansuétude, laissé se redresser. Elle symbolisait mon déshonneur désormais et pour cela j'allais l'honorer. À ma manière. Sans jeu. Sans mise en scène. Juste par surprise. Et par effraction. Enfin demain, quand j'aurais moins mal.

Le lendemain j'avais encore mal. Je me remorquai jusque dans le salon où le petit déjeuner était servi. Elle se pointa en apportant des beignets brûlants qu'elle venait d'acheter à un marchand ambulant, celui-là même qui m'avait réveillé avec sa clochette sous ma fenêtre. C'est en ouvrant la bouche pour croquer dans le sfenj que je me souvins du coup de poing et des griffures de la veille. Elle semblait enchantée de découvrir ma gueule chiffonnée.
Je me précipitai dans la salle de bain pour la défroisser et revins presque frais avec cet air supérieur que je ne comptais plus quitter. J'inventai rapidement un mensonge pour expliquer les griffures et le bleu à mon père, quand il descendrait. Il suffisait, comme tout le monde le sait, d'accuser le moindre Arabe qui passait par là. Le chauffeur de taxi de la veille serait parfait pour une bagarre qui aurait mal tourné, au sujet du tarif de la course ou parce qu'il était bourré. C'était le genre d'excuse qui n'appelait aucune vérification, un truc banal mais largement reconnu. Toujours efficace.
En petit-déjeunant, je peaufinai la punition que j'allais lui infliger. Elle allait et venait dans la cuisine avec toujours plus de jus d'orange, de pain frais et

de miel. En gardant les yeux baissés, elle me faisait cadeau de mon embarras. Elle faisait comme si de rien n'était, m'obligeant à ravaler l'humiliation que je lui réservais. Elle me devançait et s'assurait ainsi de tenir la distance. Sans me regarder, elle s'attribuait la médaille d'or et me coiffait sans vergogne sur la ligne d'arrivée. Je ne sais pas quelle résistance fut la plus intolérable pour moi : celle de sa chair ou celle de son regard. Elle refusait de m'accorder une fraction d'elle et ça me mettait hors de moi. Comme je n'étais pas un salaud de violeur, il fallait que je manœuvre habilement. Pour qu'elle réplique. Qu'elle riposte. Que je la capture et que je m'en défasse. C'était à moi de l'affranchir, pas à elle de se délacer.

Mon père se leva en même temps que ma grand-mère. En me voyant, ils s'affolèrent. J'essayai de torcher l'histoire rapidement mais Fouzia toujours très alarmiste s'inquiéta un peu trop et me bombarda de questions en pelotant mon visage dans tous les sens. L'excuse de l'Arabe querelleur passait comme dans du beurre mais elle tenait à ce que je consulte un toubib, *on ne sait jamais…* L'autre arriva avec des tonnes de fruits en salade et même si je ne l'entendis pas glousser de la situation, je suis certain qu'elle le fit.

J'avais encore les couilles en deuil mais je ne m'interdisais désormais plus aucune fantaisie dans ma manière de me venger de cette filoute amorale. Je pourrais par exemple la coincer à quatre pattes puisqu'elle aimait ça et lui enfoncer un rat vivant dans le vagin, qu'il la ronge de l'intérieur comme elle s'amusait à le faire avec moi.

J'eus soudain très peur de ma pensée, celle que je venais de formuler dans ma tête et heureusement pas à haute voix. Je pouvais ainsi la gommer très vite et me gracier sur-le-champ. Elle était trop furtive pour avoir pris le temps d'exister, je savais avec certitude que je n'avais pas pu penser cela. Encore moins l'envisager. Non, ce n'était pas mon genre, je n'étais pas un monstre, quelqu'un d'autre avait dû y penser à ma place, c'est forcé.

Oui, c'était une idée clandestine et elle s'était illégalement logée dans ma caboche, ce qui faisait de moi une innocente victime du système et de l'excès de violence à la télévision. Ça y est, ça me revenait. J'avais vu ça dans une fantastique série télévisée. C'était la manière dont les chefs de gangs se vengeaient des traîtresses de leur clan ou de celles capturées dans le camp adverse. Blanchi, je pus terminer mon petit déjeuner sereinement. Je n'étais pas un détraqué, j'étais juste en rogne. Contre elle. La petite bonne. Qui avait de drôles de façons de faire le ménage. À quatre pattes. N'est-ce pas ?

À mon retour en France, je retrouvai avec appétit mes meilleurs ennemis dans ma chambre. J'avais préféré mettre entre parenthèses l'épisode de la petite bonne et ne pas riposter. Personne ne serait jamais au courant de toute façon et même s'il lui prenait l'envie de se confier à ma grand-mère, elle était de fait déchue de toute crédibilité. C'est comme l'Arabe qui passe par là ou le Noir qui a un comportement bizarre, ils sont délictueux par défaut, par contumace et par ici. C'est comme ça, on a beau établir des lois pour protéger ceux qui passaient vraiment juste par là, ils demeureront les chouchous de la calomnie. Des faits divers. Et des prisons.
Heureusement, on me prenait souvent pour un Argentin ou un Sépharade et même si moi aussi parfois je ne faisais que passer par là, je dégageais naturellement une sorte d'assurance audacieuse, propre aux privilégiés. Même si je l'avais été et que je ne l'étais plus, elle était inscrite dans mon ADN et je ne me souciais jamais d'être coupable dans la rue. Par contre, au travail, on savait que je n'étais ni argentin ni sépharade et sans jouer les martyrs,

je regrettais quelquefois de ne pas avoir été plus assidu en cours d'espagnol.
On nous baratinait avec des formules toutes faites : *la double culture est une richesse* ou *j'ai deux pays, c'est mieux qu'un seul*, mais sincèrement pour qui au juste était-ce une richesse ? Je vivais doublement à crédit. Au-delà du fait que je ne connaissais rien ni à l'une ni à l'autre, j'aurais aimé ne pas avoir à choisir. Car on avait beau encenser la mixité, les brassages et le délavage culturel, chaque jour un peu plus on nous demandait quand même de nous positionner. De mèche avec des politiciens qu'ils croyaient condamner, des artistes imbéciles se mobilisaient pour la tolérance, contre le racisme, pour la paix, contre l'antisémitisme, pour les droits de l'homme, contre la famine, pour la lapidation et contre les sans-papiers. Non, pardon, le contraire. À force de chanter des causes charitables, ils oubliaient de lire leur contrat. D'abord celui qu'ils avaient avec nous, leur public. Celui de bien chanter.
Pour nos retrouvailles, je dînai en tête à tête avec ma mère, devant la télévision. Je zappai de bêtisiers remâchés en rétrospectives des années 90 mais c'est sur « le concert de la tolérance » que ma mère me demanda de m'arrêter *juste deux secondes, j'veux voir comment elle est habillée…* Mal évidemment.

Un cul de bovin compacté dans un fuseau en élasthanne et perché sur des écrase-merde en cuir verni, c'était à la mode chez les chanteuses. Mais immonde tout court.

En direct d'une plage marocaine, un public de morfales se dandinait sur les airs de leurs idoles, venus en week-end se dépayser et lâcher un refrain pour la bonne cause. À chaque interlude, une bonnasse vaguement connue s'égosillait à rappeler combien *la paix était notre seule chance* et les encourageait à se tenir *par la main et à danser ensemble.* Tout y passait, dans n'importe quel ordre, l'amour, la fraternité, le soleil et les palmiers, la musique, l'amitié et ce pays merveilleux, qui les accueillait chaque année avec tellement de gentillesse. Et d'amour. Et de fraternité. Sous ce soleil et ces palmiers. Pour honorer la musique. Et l'amitié franco-marocaine.

Dans le public, on voulait y croire à cette amitié alors ils hurlaient comme des dingues et entonnaient avec zèle une énième chanson rance mais tellement rythmée. Une jeunesse éprouvée qui venait prendre un peu de répit avant d'aller refaire la queue au consulat. L'amitié franco-marocaine n'était plus valable au guichet. *Mais je connais quelqu'un là-bas. Désolé, c'est une soirée privée. Il faut être un habitué.*

Écœuré par le gargarisme populiste et la démagogie abjecte de la télévision, j'écourtai le dîner pour retrouver Ygal, Ary et les autres dans ma chambre. Ma mère continuait de commenter chaque image, entre ceux qui *ont pris un sacré coup de vieux hein* et celles qui *ont fait un lifting, c'est pas possible autrement.* Pendant le dîner, elle avait pris soin de ne pas mentionner *l'autre pute là* et de ne me poser que des questions sur l'architecture et la décoration de la maison de Fouzia. Je ne pus m'empêcher de lui annoncer leur mariage imminent. Très imminent. Le mois prochain. Pour qu'elle puisse encore porter sa robe corsetée. Parce que bientôt elle ne pourrait plus… *Un verre de vin Maman ?*

Le Noël suivant, mon grand-père mourut. À Pau, dans sa jolie et vaste propriété. Pour l'enterrement, toute la famille s'était réunie, sauf la sœur aînée de ma mère, celle qui avait tout cafté de la *conciliation.* Elle avait lancé un ultimatum à mon grand-père, la restituer (la maison) ou la perdre (elle). Christian n'était pas du genre à se laisser défier par quiconque, encore moins par une fille encombrante et moins réussie que les autres. Il paraît qu'elle louchait sévèrement et qu'elle avait des problèmes d'eczéma. À mon avis, c'est pour ça qu'elle avait autant de convictions et d'idéaux. Elle n'aurait pas pu lutter

dans un autre domaine que celui de la justice. Ou de la religion. Enfin, un domaine où être moche était bien vu.
Marthe n'avait pas lésiné sur les petits fours, ceux aux œufs de lompe partirent en premier suivis de près des saumons et du foie gras. La cérémonie ressemblait à une sorte de cocktail sauf qu'on n'avait pas le droit de déconner. On se regardait les uns les autres en cherchant vainement quelque chose à dire, pas trop gai mais pas larmoyant non plus. On évitait de mentionner les sujets qui fâchent mais heureusement il y avait la fameuse vieille tante alcoolique et lesbienne sur le tard dont personne ne voulait sur la photo de famille, toujours à l'extrémité pour la couper du cadre.
Je comptais sur elle pour déclencher un petit accrochage, alors je m'intéressais à ses cours de plongée dans le golfe du Morbihan, *nocturnes, c'est encore plus incroyable*, et je m'assurais que son verre soit toujours à moitié plein plutôt qu'à moitié vide. *Tu vois en fait les prostheceraeus vittatus qu'on appelle aussi les plathelminthes, en fait c'est juste une grande planaire rayée, un vers plat quoi, eh bien tu as plus de chance de le voir la nuit que le jour, c'est dingue hein ?* Au bout du septième verre de champagne, je la sentais de plus en plus pétillante pour faire une bourde honnête. *Bon alors, elle est où Véronique ?* Merci Tata.

Ma grand-mère crut défaillir, ce prénom n'ayant pas été prononcé en famille depuis *la brouille.* La famille et les proches étaient tous au courant du différend qui les opposait. Adolescente, elle était tombée follement amoureuse d'un Juif. Mes grands-parents n'avaient rien contre *même si c'est malheureux à dire, mais c'est pas ce qu'on souhaite à sa fille normalement. Non pas que j'aime pas les Juifs, au contraire mais c'est toujours plus simple de tomber amoureuse d'un Français, on va pas se voiler la face hein. À l'avenir il y a moins de problèmes c'est sûr. Et même chez eux d'ailleurs, ils veulent pas de nous, c'est même eux les plus racistes tu sais Dédé…*
Dédé savait, heureux que la sienne ne fasse pas de vagues et se marie avec un notaire respectable et de bonne famille et tout et tout. S'était alors posée la question des présentations. Qui n'eurent jamais lieu car Véronique, informée par un membre bienveillant de la famille, lui avait tout rapporté. La dénonciation à demi-mot, la récupération de la maison et les babioles au mur. Ses menaces ne furent pas tolérées et elle décampa aussitôt dans un kibboutz avec son Alain et leur futur Mordechai. Avec ses traits à la Golda Meir, elle n'aurait aucun mal à se faire pardonner son côté goy. Elle ferait absolument tout et bien plus encore pour gommer la faute qu'elle était. Loin de Pau. Loin de Christian

et de Marthe. Loin de ses petites sœurs, qui elles non plus n'avaient pas épousé de notaire.

Ma grand-mère me fit discrètement signe d'éloigner la tata du salon mais je feignis de ne pas comprendre tout de suite, laissant encore quelques secondes à l'épave pour nous distraire. *Elle est pas du côté où ya des barbelés que j'sache, elle aurait quand même pu s'bouger le cul et venir dire au revoir à son père, même si c'était un collabo.* Deux oncles l'empoignèrent robustement tandis que ma grand-mère se pâmait sur le canapé. L'adjoint au maire, venu en ami, eut immédiatement le bon réflexe et orienta la conversation sur le réchauffement climatique qui bouleversait les saisons et avec elles la récolte des abricots, *l'année dernière au mois de juin, mon jardin en était rempli et cette année nous n'en avons pas un seul pour faire une tarte, c'est dingue hein…* Les politiciens sont très doués pour rebondir après un malaise comme celui-ci. Il suffit de faire comme si ça n'avait jamais eu lieu et d'enchaîner sur une banalité puis un rire gras et de le prolonger jusqu'à ce qu'il couvre les derniers grincements de dents.

De l'autre côté de la maison, on entendait encore les piailleries de la vieille tante : *mais j'ai rien dit de mal, même elle, elle fait pareil maintenant, elle habite dans une maison qu'est pas à elle… mais arrêtez vous m'faites mal !* C'était délicieux d'assister à une réception un peu guindée qui explose en mille morceaux. Une cérémonie solennelle qui, à cause d'un fâcheux placement de table ou d'une soûlarde balourde, se dissout dans son propre champagne. On en rêve tous et quand ça arrive, on n'en rate pas une miette. Je n'en ratai pas une miette même si j'étais repu de petits fours au tarama. Ceux dont personne ne veut et dont je raffole. Parce que c'est comme du caviar sans le goût du caviar mais avec de la mayonnaise et un peu de ketchup pour la teinter. C'est meilleur.

Dans la voiture, en rentrant, je demandai à ma mère si sa grande sœur lui manquait. Apparemment pas. Enfin, classique, elle lui en voulait de l'avoir abandonnée donc c'était plus commode de la détester. Je me figurais la tête de mon grand-père quand, après *la brouille*, il apprit que sa cadette épousait un Indien, sa benjamine un Arabe et la dernière un comédien. Le constat d'échec fut terrible mais il ne s'en plaignit jamais car il ne voulait pas les perdre. Il préférait passer pour le gentil père consolateur que pour un sans-cœur. Il aimait être aimé de ses filles puisqu'il ne l'avait jamais été de Marthe. Une vague histoire d'amour contrariée entre ma grand-mère et un grand avocat, mort très jeune et qui profita à mon grand-père, seulement petit commerçant. C'est peut-être pour ça qu'il voulait une plus grande maison, pour lui en foutre plein la vue à Marthe et fanfaronner lui aussi. Léthargique, ma mère ne parla pratiquement pas du trajet. Je sus quand même que sa sœur et elle avaient échangé des lettres il y avait quelques années, qu'elle semblait heureuse dans sa vie. Elle avait sept enfants et Alain était devenu Ilan.

Parfois, j'étais nostalgique du temps où tout le monde raffolait de moi. Mon père, ma mère, mes grands-parents et la concierge. Dans mon nouvel immeuble, c'est un interphone défectueux qui assurait notre sécurité. Boualem, mon grand-père, le mari de Fouzia, le mineur pauvre mais généreux, les mettait tous en garde, à sa façon, avec ses mots, avec ses fautes.
Il prenait un temps fou à s'expliquer car il ne négligeait aucun détail et ne voulait surtout froisser personne. Il prenait des chemins de traverse pour relater précisément le fond de sa pensée et illustrer au mieux son propos en s'appuyant sur son expérience et ses erreurs. Il était d'une autre époque, celle où on laissait macérer les idées et infuser la pensée. Et il prenait son temps comme dans son pays alors qu'ici il n'y en avait pas pour ça, il fallait abréger à tout prix et en venir au fait.

Lorsqu'on commençait une discussion avec lui, on savait qu'il y en avait pour une plombe, si bien que personne ne le faisait. Ou alors en l'interrompant souvent pour qu'il accélère. Ça le braquait et il préférait s'interrompre pour de bon et garder son opinion pour lui. Il avait été bercé par d'interminables histoires de famille et de voisinage, un peu de magie et de spiritualité flottant sur chacune d'elles. Une éducation à la dure dans un village du Sahara, entouré de tantes torrentueuses et d'oncles sévères, d'un père mort et d'une mère vaillante.

Mon grand-père n'était pas une fiotte comme mon père, c'est pour cela qu'il fallait que je l'évince. S'il prenait autant de temps pour s'exprimer, c'est qu'il avait pris soin d'observer mes magouilles d'enfant souverain. Conscient d'être écarté des grandes décisions familiales parce qu'*il ne comprend rien ton père, il est bien gentil mais c'est une autre époque aujourd'hui*, il se recroquevillait petit à petit, marmonnant dans sa barbe ses pensées du jour et allant se faire foutre pour tout le reste. Jusqu'au jour où il partit pour de bon, à sa façon, avec ses mots, avec ses fautes, là où il y avait plein de temps à tuer avec des pucelles tout ouïes et des rivières de vin infinies.

Personne ne lisait dans mon jeu comme lui. Sa clairvoyance mettait mes plans en danger. Il avait bien essayé de les prévenir tous, mais personne n'avait pris le temps de l'écouter, l'immigré mignon avec ses idées farfelues pleines de bon sens mais tellement dépassées, trop rigides et un brin tyranniques. Heureusement pour moi, lorsqu'on déjeunait en famille, Fouzia jacassait en apnée, des mauvaises fréquentations de la fille d'une copine du marché aux épouvantables Africains qui emménageaient à douze dans le pavillon voisin prévu pour quatre. Lui, il répétait à qui lui prêtait une oreille qu'à force de me bichonner *il va finir complètement abruti ce gosse*... En roulant les *r*, ça sonnait encore plus pessimiste.

Ma mère pestait pendant tout le trajet du retour en demandant à mon père de *bien vouloir dire à ton père* qu'elle ne permettrait plus qu'il critique son éducation de manière aussi grossière. Il n'était pas grossier mais rustre. Il avait raison mais personne ne s'en doutait. Sauf moi. Et je lui tirais la langue. Ça faisait rire toute la famille. Moi aussi, ça me faisait bien marrer. Lui, ça le navrait. Tous les deux, nous savions. Et on se gardait bien de le dire. Pour des raisons différentes.

Il ne put quand même s'empêcher de balancer à ma mère que le jour où elle avait fait venir un artiste-peintre pour décorer ma chambre de nourrisson de ballons bleus et beiges, d'anges parme et d'une montgolfière bouffante, *c'était déjà foutu…* Sans attendre les desserts, ma mère se leva et on déguerpit sans dire au revoir. À la porte, il ajouta, à l'intention de mon père, que mon petit coussin ciel sur lequel était brodé *Fais de beaux rêves* serait bientôt son cauchemar s'il continuait à singer les Français dans leur mode d'éducation débile. *Au revoir Père. Au revoir Mère. Calme-toi chérie, ce n'est pas ce qu'il a voulu dire…* Si.

Ce 11 septembre 2001, je rentrai chez moi et racontai à ma mère qu'on m'avait interviewé dans la rue. Elle appela immédiatement toutes ses copines pour les prévenir que j'allais passer au journal télévisé. Marthe et Fouzia mirent en marche l'enregistreur tandis que mon père s'enquérait avant tout de ce que j'avais dit.
J'avais dit des choses anodines et confortables. Ma seule audace devant cette caméra était d'être basané. Même mon keffieh n'avait rien de contestataire, il était le produit phare de la collection automne-hiver d'une marque de vêtements qui avait eu la bonne idée d'en faire de toutes les couleurs. Che Guevara, Yasser Arafat et Bob Marley crevaient une deuxième fois de se voir recyclés sur le dos de poufiasses embourgeoisées et d'idiots conformistes.
Je laissai à mon père le soin de découvrir mon intervention. Lui qui était redevenu arabe et fier de l'être, il ne serait probablement pas satisfait. Je pourrais toujours dire qu'ils m'avaient coupé au montage et que, décidément, il y avait vraiment une cabale anti-arabo-musulmane dans ce pays de merde. Toutes les chaînes ressassaient les mêmes

images et sous prétexte d'information on en abusait car personne ne se lassait de contempler l'impact. Au contraire, on aurait aimé un autre angle de vue, du ciel ou de l'intérieur, d'autres messages téléphoniques désespérés des passagers, une caméra de vidéosurveillance capturant la tête du pilote juste avant qu'il s'enfourne dans la tour.

Je m'imaginais deux employés en train de fricoter près de la machine à café, ou le coursier photocopiant ses fesses pour faire marrer ses collègues, un cadre en réunion avec la petite nouvelle à ses côtés et une femme de ménage qui nettoie la vitre et se prend un avion en plein cœur. Pourtant assommés, on ne se fatiguait pas de revoir la bande-annonce du plus long film de l'histoire. Tout le vocabulaire de toutes les langues réunies, mortes et vivantes, ne suffirait pas à exprimer le choc que les images nous infligeaient. La bouche entrouverte et effarée était finalement la seule chose à dire. Ma mère pronostiquait très intelligemment un mauvais quart de siècle pour les Arabes et se félicitait de m'avoir appelé Ryan et non Mehdi comme mon père l'aurait souhaité.

Entre deux images identiques, je passai à la télé et ma mère m'enlaça bruyamment comme si j'avais remporté une médaille olympique de saut en hauteur sans perche. Je parvins quand même à entendre les fadaises que j'avais formulées et je m'en voulus d'avoir trahi CharlMartel7 et Sarrasin19. Peu importait la direction de mes propos, je m'en voulais d'être aussi écœurant de bons sentiments. Les appels commencèrent à retentir dans l'appartement, chacun tenant à me féliciter pour les mots appropriés que j'avais su trouver après une catastrophe pareille. *Et t'as vu, ils ont terminé le reportage en disant que tu étais un superbe symbole de paix... Je suis fière de toi mon bonhomme, tu viens quand voir ta grand-mère ?*

À chaque félicitation, je me maudissais davantage. Il n'y aurait plus jamais la paix après ça. D'ailleurs, il n'y avait jamais eu la paix. Pourquoi fallait-il que je représente plus la paix que mon voisin du dessus ? Pourquoi fallait-il que je représente quelque chose ? Et surtout, pourquoi avais-je accepté d'incarner leur trêve, déguisé en brave et poli comme un larbin ? *Je suis effondré comme tout le monde devant ces images d'une rare violence. J'espère simplement que les gens seront suffisamment intelligents pour ne pas faire d'amalgame car les terroristes n'ont rien à voir avec les musulmans, ils en sont même la négation.* Comme si j'étais dans leur salon, j'entendais les sympathiques commentaires des téléspectateurs, ceux-là mêmes qui feraient l'amalgame à tout jamais, car *que je sache, ce n'est ni Pierre ni*

Paul dont on a retrouvé les passeports dans les décombres.

Avant même que mon père n'ait pu dire quoi que ce soit, je m'emportai contre ces médias corrompus qui orientaient toujours nos commentaires dans leur direction. Je jurai que j'avais rappelé l'embargo américain sur l'Irak tuant des centaines de milliers d'enfants innocents ainsi que l'abominable conflit israélo-palestinien qui asphyxiait depuis trop longtemps une population civile. *J'ai même souligné la Bosnie Papa, je te le jure.*
Je ne sais pas pourquoi l'avis de mon père comptait autant à présent. Je ne m'étais jamais soucié de son opinion mais, depuis qu'il avait un autre fils, j'avais besoin de le concerner. Il me conseilla d'éviter de donner mon avis ou même d'en parler avec les gens à l'extérieur, de préserver mes études et mon boulot et d'être gentil avec ma mère. *De toute façon, on ne saura jamais qui c'est, ça nous dépasse tout ça. Et puis si ce sont les Arabes, eh bien ils prendront une branlée et c'est tout ce qu'ils méritent ces maudits bons à rien à la botte des Occidentaux.*
Je parcourais l'Histoire sur mon écran et il fallait bien l'avouer, ce n'était pas réjouissant pour mon peuple. Je me surpris à dire *mon peuple* pour la première fois, comme si ces attentats et tout le

remue-ménage qui en découlait exigeait que je m'engage. Toutes ces conneries sur la richesse de la double culture me polluaient l'esprit. J'avais à peine de quoi en avoir une. Encore fallait-il que je la définisse, ma culture. Par où commençait-on et à quoi ça servait ? Où la dénicher et comment en vibrer ? Ça paraissait tellement naturel pour les Iraniens qui se flagellaient le torse tous les matins au petit déjeuner. Ou pour les kamikazes japonais qui ne remplissaient leur réservoir que pour un aller simple. Tous ces codes d'honneur qui régissaient la vie des gens fiers d'être ce qu'ils étaient.
Ce sentiment m'était absolument étranger mais, j'avoue, j'aurais bien aimé savoir ce que ça faisait comme remous à l'intérieur. Ce qu'une main sur le cœur signifiait pour celui qui était prêt à le transpercer. Il y avait ceux qui triomphaient et ceux qui encaissaient, chacun leur tour au fil des siècles, un bal parfaitement chorégraphié et mû par de petits désastres passionnels qui enflammaient nos cœurs ou serraient nos culs, selon la période. Il y avait aussi ceux qui se nourrissaient exclusivement de victoires morales, depuis la nuit des temps, de vrais corbeaux, irrémédiablement acculés et indésirables au bal. Enfin, sauf pour mettre l'ambiance.

Je revêtis mon armure et m'installai devant mon ordinateur. Sarrasin19 jurait que tous les Juifs des tours jumelles s'étaient rendus à la synagogue de bon matin, prenant curieusement congé un mardi matin tandis que CharlMartel7 promettait de se venger de ces ennemis de la liberté, barbares et arriérés, assoiffés de sang et habitués à égorger. Je reçus des centaines de réponses, indignées ou exaltées mais toujours instantanées.

En fait, ce qui m'agaçait le plus dans les avis perplexes de certains, c'est justement qu'ils ne croyaient pas les Arabes capables de jouer dans la cour des grands. J'en doutais moi aussi vu leurs antécédents et les souverains successifs qu'ils se coltinaient mais tout de même, ils n'avaient pas à le dire ouvertement. Là où les sceptiques croyaient blanchir les Arabes, moi je ne voyais que de la condescendance, à la limite du mépris. Assez de flaques de sang, de sabres et de hurlements, ils voulaient aussi briller par leur minutie, leur ponctualité et faire honneur à la grande tradition américaine du spectacle.

Le show avait distancé les images et comme tous les événements majeurs de l'Histoire, une fois la partie morale bazardée et la séquence émotion torchée, on ne retiendrait plus que la performance. Et l'effet de surprise. C'est bien connu, la première

fois c'est une tragédie. La seconde, de la comédie. Bienvenue dans la cour des plus grands criminels de la planète. Ce n'est pas encore une guerre propre mais vous avez gagné vos galons d'enfoirés de première.
La deuxième étape étant de ne jamais se faire prendre. Et d'être sympa. Pas dedans. Juste dehors. Un petit fou rire à la Ligue arabe qui passerait en boucle dans nos bêtisiers. Remuer son petit cul avec une locale sur le tarmac d'un aéroport africain lors d'une visite officielle. Faire une cure de raisin avant un grand déplacement en Occident et arrêter de porter des costumes croisés et des chaussures en crocodile. De minimes ajustements d'image qui autorisent pourtant de fabuleux coups de pute par la suite sans être trop inquiétés. *Qu'il est sympathique Chirac, quelle classe Mitterrand, et Eltsine et Clinton à l'ONU, qu'est-ce qu'ils étaient amusants...*

Contre toute attente, la mienne et celle de ma famille, j'obtins mon année sans difficulté. Au travail, je doublais mon salaire du week-end avec des pourboires généreux. Ma mère se plaignait davantage de mon asocialité que de mes mondanités. Qui l'eût cru ? Cependant, elle s'inquiétait de me voir prendre un virage un peu trop perpendiculaire.

Elle continuait de frapper à la porte de ma chambre avant d'entrer. L'idiote me laissait le temps de fermer les sites pornographiques ou extrémistes sur lesquels je flânais et d'ouvrir un document de travail et une fenêtre plus appropriée. Je me suis toujours demandé ce que les parents pensent que nous faisons lorsqu'ils frappent à la porte de notre chambre et qu'ils s'entendent dire : *Une minute ! Ben qu'est-ce que tu fais ? Rien, attends ! J'aime pas quand tu fermes ta porte à clé Ryan...*

Mais jamais ils n'enclenchent la porte. Ils attendent sagement qu'on ait fini de s'essuyer avec du Sopalin. Ou qu'on ait planqué son joint dans une paire de chaussettes. Ou encore qu'on ait envoyé un lieu de rendez-vous à une fille qui a l'air très charmante sur internet. *Tu faisais quoi ? Ça sent bizarre non ? C'est quoi ce foutoir, t'es enrhumé ?* Non Maman je me branlais en regardant un gang-bang amateur sur une femme enceinte filmé par son mari dans la future chambre du bébé. *Tu veux qu'on en parle ?*

Je ne savais pas à qui en parler mais j'aimais bien les trucs un peu biscornus parfois. Je me disais que si des gens postaient ça sur la toile, c'est qu'il y avait de la demande. Un peu comme les prostituées qu'on embarque sans les clients. Ou les bolides hyperpuissants qui ne peuvent jamais dépasser les 130. Des aberrations persistantes dont tout le monde s'accommode pour ne pas flinguer l'économie ni soulever des problèmes embarrassants.

Au départ je regardais des films porno ordinaires avec un bruitage exagéré et des talons compensés en plexiglas. Et puis j'ai bien aimé quand la fille disait *non, non*, mais qu'elle se laissait faire dès que le mec lui tirait les cheveux en arrière. Ensuite j'ai trouvé des vidéos où elle disait *non* pour de vrai, enfin, c'était forcément de la comédie puisqu'il y avait une caméra mais ça sonnait drôlement sincère et je dois avouer que ça me faisait quelque chose.

Jusqu'au jour où la fille hurla de toutes ses forces pour qu'ils arrêtent mais qu'ils n'arrêtèrent pas. Je me pignolai quand même jusqu'à la dernière goutte, j'éprouvai quand même de la compassion pour la fille et je trouvai quand même que c'était abuser. Mais je ne pouvais plus m'empêcher de fureter sur de nouveaux sites, toujours plus déviants, toujours plus innovants. De la téléréalité aux millions de vidéos amateurs, c'était le voyeurisme qui devenait légal, je pouvais perquisitionner tout le monde sans mandat, jusqu'au Japon si je voulais, où de très jeunes écolières immaculées se faisaient sodomiser par des grands-pères à l'anus artificiel en miaulant comme des chatons et en marmottant un *shi hai, shi hai…*

Je n'aimais plus quand les filles obtempéraient facilement, je m'en rendais compte avec ma petite amie. Elle portait des twin-sets et faisait l'amour sur le dos, sans résistance, avec un air comblé sur le visage quand j'aboutissais. Elle venait du Québec et c'était sa manière à elle de me dire *Viens, viens. Aboutis, aboutis!* J'y arrivais uniquement en repensant à mes petites Japonaises farouches, à mes mères de famille déchaînées et à mes adolescentes turbulentes. J'archivais les meilleurs moments dans un recoin de mon ordinateur et je me les remémorais quand j'étais avec elle. Lucie. Qui m'aimait. *Mais moi aussi je t'aime bien c'est pas le problème mais comment dire, c'est pas toi, c'est moi…*

Exit Lucie, mon ordinateur et moi étions devenus consubstantiels. Ma mère m'encourageait continuellement à sortir mais ça ne m'intéressait plus de rencontrer de nouveaux gens, je m'étais tricoté un réseau sur la toile sans les emmerdes qui vont avec. Par emmerdes, je veux parler des civilités et de la bienséance qui font qu'on se retient tout le temps. De bayer aux corneilles, de se mettre le doigt dans le nez, d'en coller une à une automobiliste en Smart, de frapper une pervenche, de péter la gueule aux bandes de jeunes bruyants (oui je sais, il n'y a que les imbéciles qui ne changent pas d'avis) ou de cogner les gosses capricieux dans les supermarchés. Il fallait faire la queue aux guichets, dire merci aux caissières, se lever pour laisser son siège aux vieux, traverser dans les clous et attendre son tour. Toujours. Tout le temps. Sur internet, mon tour était immédiat et avec les nouvelles techniques de connexion, il arrivait même qu'il me précède.

Lorsque ma mère s'absentait pour ses séminaires d'épanouissement personnel et de redécouverte de soi le week-end, ma chambre se transformait en véritable royaume des Wisigoths. Je m'alimentais exclusivement de hamburgers, de biscuits au chocolat et de sodas et je rotais jusqu'à la lettre *h* en apnée. Je mentis pour la première fois à mon patron en simulant une angine blanche. Ce soir-là je n'avais juste pas envie d'aller travailler. On verrait bien la prochaine fois. La prochaine fois, j'arrivai en retard. Celle d'après j'avais une foulure à la cheville. Très vite, j'étais sans emploi. *C'est un feuj le mec papa, il pouvait plus m'encadrer…*

Sur un ton inédit ma mère me demanda de partager le dîner avec elle, ce que je refusai d'abord. Forte d'une toute nouvelle autorité, elle débrancha la prise de mon ordinateur et m'ordonna de la suivre pour dîner *en famille nom de Dieu*. Je n'avais même pas eu le temps de gueuler que la porte de ma chambre claquait, faisant trembler mes figurines mangas sur l'armoire en bois naturel mal vissée. D'abord interloqué, je fis rapidement le lien avec ses séminaires de coaching de vie et de confiance en soi même si on est moche et abandonnée et transparente.
Sans broncher, je m'installai à table devant elle et lui posai un millier de questions sur ses nouvelles activités, ses rencontres, son moi, son surmoi, son dépassement de soi. Elle fut agréablement surprise de l'intérêt que je lui portais et c'est en mode automatique qu'elle se cala pour me raconter quelle révélation Akosua avait été pour elle.
Elle m'a appris à lâcher prise avec mes vieux démons, à renouveler mes schémas de fonctionnement pour

vivre à partir de soi, pour que je vibre d'harmonie et de joie, que je trouve mon propre mode d'expression plutôt que celui qu'on m'a infligé, que je redécouvre mes dons sans quoi je ne pourrais les donner aux autres et que toutes ces richesses sont à l'intérieur de soi-même et qu'on ne prend jamais le temps d'aller à leur découverte, que mon alchimie personnelle est plus importante que le matériel qui m'emprisonne et m'empoisonne, que je récolte ce que je s'aime (elle me fit un clin d'œil). *Elle m'a appris à aimer ma culotte de cheval et à chérir mes pattes d'oie, elle m'a appris à pardonner à ton père et à ne plus me préoccuper de la jeunette. Je vais mieux Ryan.*
Et sinon Maman, elle te lèche le castor Akosua ? Hein ?

Elle s'était donné du mal pourtant. Mais c'était trop de crétinerie dans une seule personne pour moi. Je n'allais certainement pas l'acquitter cette pochtronne en panique qui errait dans son purgatoire à la recherche de panache. Elle pouvait m'enfumer autant qu'elle le souhaitait, il n'y avait qu'une seule chose qui la motivait ma mère. C'était de perdre du poids et de se venger de mon père. À défaut de mieux, elle tombait amoureuse d'une autre mal baisée à la recherche d'un nirvana artificiel. Mais tout ce qu'elles pouvaient attraper l'une comme l'autre, c'était une longue crève purulente qui finirait par les engloutir dans leurs glaires. Éternellement timorée, elle ne me colla même pas de gifle. Je me levai de table sans toucher au fromage. Elle appela Fabienne (le vrai prénom d'Akosua) en pleurs pour lui demander quoi faire. *Ne laisse pas sa colère percer ta bulle d'équanimité. Hein ? De quiétude si tu préfères ma chérie...*

Il y avait un relent de lesbianisme par dépit. Voire par anticipation. Toutes ces cloches défraîchies qui réorientaient leur sexualité après avoir été plaquées comme des sacs à merde percés. Élevées aux contes de fées ou dressées pour michetonner, elles finissaient toutes par comprendre qu'elles étaient les seules fautives dans l'histoire, suivant leur bonhomme là où elles avaient pris soin de l'envoyer. Putes, mères puis confidentes, il arrivait un moment où elles n'avaient plus les arguments pour se faire prendre en levrette trois fois par jour. Ni l'envie. Encore moins le temps puisqu'elles voulaient toutes bosser.

Entre deux cours de Pilates, un repas sain mais goûtu, une épilation brésilienne et un décollement des racines, ma mère avait négligé sa destinée et se retrouvait avec le dernier lot, celui qu'on n'a pas réclamé, un autre boudin désorienté avec une boussole ayurvédique autour du cou. Quelque temps avant leur séparation, je me souvins d'une conversation, qu'elle croyait privée, avec une copine. Elle lui expliquait avoir changé tout le système d'éclairage de spots intégrés dans le plafond de la chambre à coucher et de la salle de bain pour un éclairage mural, moins cruel avec sa cellulite. Je sus à cet instant que ma mère était foutue. Sa copine, une imbécile aussi, lui souffla en guise de petit remontant un dicton grec bien machiste qu'elle pensait féministe : *Un poil de chatte peut tirer un bateau tout entier. Pas une chatte, seulement un poil…*

Comme convenu, les musulmans dégustèrent sévèrement les années qui suivirent. C'était de bonne guerre après tout. Accéder au cercle très fermé des grands manitous, ça avait un prix. Et il était proportionnel à l'envergure de la saloperie. Des experts intrépides continuaient de dénoncer une machination monstrueuse mais, malgré leurs vertueuses intentions, personne n'y croyait et ils disparaissaient petit à petit du paysage, naviguant vers d'autres sujets et divaguant là où c'était permis. C'était quand même rasoir d'avoir à se battre même pour ça alors que les plus grandes autorités du monde nous accusaient sans aucun doute possible.

J'eus peur à un moment que la vidéo du tsunami en Thaïlande ne détrône celle des tours jumelles mais, après un engouement tout à fait légitime, ça se tassa. Les images filmées depuis les hôtels de luxe étaient raisonnablement effrayantes, celles de l'intérieur des terres à peine affreuses. On avait tellement l'habitude de voir les Sri-Lankais, les Indiens et tous les autres peuples aubergine en galère que c'est le rose englouti sur la plage qui récoltait le plus de visionnage sur le web.

En regardant les informations *en famille*, Akosua et ma mère se regardèrent en même temps, éplorées, devant une petite Thaïlandaise hagarde et fraîchement orpheline. Je n'osai pas imaginer ce qui leur passait par la tête, les yeux embués et la gorge serrée. Deux intérimaires du bon sentiment qui ne supportaient plus d'être là, bien installées dans leur canapé à ne rien faire. Je retournai dans ma grotte pour ne pas avoir à palabrer. Je les laissais dans leur délire humanitaire infiniment arrogant de peur de me chamailler avec elles, comme depuis quatre ans. Comme depuis que Fabienne (c'est ainsi que je l'appelais pour l'emmerder) avait emménagé chez nous.

Mon père avait rompu toute relation avec ma mère, consterné à l'idée d'avoir épousé une sale gouine qui s'ignorait. Fouzia sortait sa tête de l'eau (elle venait d'apprendre à nager) pour souligner que les Françaises étaient génétiquement frivoles et décadentes mais que, grâce à Dieu, son fils avait bifurqué à temps vers plus de sagesse et une descendance plus nette. Mon demi-petit frère s'appelait Shamseddine, *le soleil de la spiritualité*. À lui tout seul, il éclairait toute la maison de Fouzia, chez qui mon père et sa petite famille s'étaient installés.

Mon père revenait à un schéma plus traditionnel mais drôlement confortable, câlinant sa femme la nuit et cajolant sa mère le jour. S'il se débrouillait bien, il pouvait aussi se faire éponger par une *manicuriste* spécialisée entre deux rendez-vous professionnels à une terrasse de café bondée d'autres hommes en rendez-vous professionnels aussi. Lorsque j'allais le visiter, je sentais bien que je représentais une sorte de bérézina pour lui.

J'avais réussi ma licence d'histoire et j'avais enchaîné avec une licence de géologie, comme ça, après avoir vu un documentaire sur l'Intifada et pour gagner du temps. Mon père semblait ressusciter depuis qu'il avait un fils et il le dessinait chaque jour un peu mieux, se servant du brouillon que j'étais pour éviter de déborder cette fois. Il s'inquiétait vaguement de mon avenir, me rappelant qu'une fois mes études terminées, il pourrait me filer un coup de main en passant quelques coups de fil. Pourtant, au fond de moi, je savais qu'il s'en foutait de l'histoire et de mes cailloux et qu'à part médecine ou droit, le nouvel Arabe qu'il était ne serait jamais satisfait.

Ma mère quant à elle trouvait ça très original et perché d'étudier la pierre, la terre et les volcans. *Aujourd'hui les massages aux pierres de basalte sont à la mode. Et les énergies du feu propres aux pierres de basalte ainsi que les énergies de l'eau propres aux pierres marines emmènent nos cellules dans un tourbillon de surprises que le mental n'arrive pas à contrôler. La tête décroche et le corps se détoxifie...* Je suis sûr qu'elle s'en mettait aussi dans la culotte pour soigner les champignons que devait lui refiler Fabienne, vu les pourritures bio dont elle se nourrissait.

En rentrant de vacances, je découvris une petite Asiatique dans le salon. Fabienne et ma mère me fixèrent avec ce sourire qu'ont les philanthropes notoires, sûres de leur bonté et rassurées par leur humanité. J'envisageai tout sauf ce qu'elles m'annoncèrent. C'était au-delà de la crapulerie. Elles s'étaient inscrites dans une agence pour accueillir des enfants défavorisés le temps des vacances scolaires. Je ne savais pas par où commencer alors je conclus directement : *Qu'elle est jolie...*
Les premiers jours, elles la récompensèrent d'être si pauvre en la couvrant de cadeaux rigolos, de vêtements roses, d'accessoires de princesse et de jouets fabriqués par ses cousines. Après quelques ajustements folkloriques, Nenita devenue Juliette pour plaisanter le temps de son séjour ne faisait plus ses besoins à même le sol dans toute la maison.
Tu exagères Ryan, ce n'est pas drôle...

Une fois les parcs d'attraction faits, les classiques de Walt Disney vus et les musées visités, Nenita se préparait déjà à retourner dans son patelin, la tête riche de niaiseries et le gosier avec un arrière-goût. Ma mère lui cuisina un steak-frites avec du ketchup pour son dernier soir même si Fabienne n'était pas pour. Je décidai de partager leur dîner, ce qui fit plaisir à Nenita, et d'entrée je posai la question que ma mère m'avait demandé d'éviter ce soir : *So, you're leaving tomorrow ? Are you sad ?* Exaspérée, Fabienne s'empressa de poser une question sans intérêt : *So what did you like the most ?* mais Nenita me sourit et répondit avec malice *I can't wait to go home.*

Merci mon Dieu.

Fabienne et ma mère, pantoises, feignirent d'être enchantées mais c'est le cœur dans les chaussettes qu'elles terminèrent de dîner, en silence. Écœurées par cette bâtarde discourtoise. Nenita me raconta son train-train là-bas, sa meilleure copine Jinjin, sa pire copine Odessa, son amoureux Piyapong, sa maîtresse préférée Aby et son professeur le plus sévère Lamon. Mais celui qu'elle détestait par-dessus tout c'était clairement Souni, l'agent de sécurité du quartier, qui les frappait injustement elle et ses camarades.

Oui elle était orpheline, oui elle était pauvre, oui une Ong l'avait recueillie dans un foyer crasseux mais cette crasse était la sienne et elle y tenait, au grand étonnement des deux proprettes goudous qui pensaient que leurs heures sup caritatives les exonéreraient de tout jugement. Eh bien, elles s'en prenaient un en pleine face, ces restauratrices de salut public qui confondaient altruisme et charité et qui ne comprendraient jamais que leur générosité était arrogante et qu'à cause de cela elle ne valait rien.

J'enchaînais les licences comme des coquillettes sur un collier mais personne ne s'en émerveillait plus, ma mère ayant déserté à la campagne avec sa chérie et mon père toujours dans son royaume. Tout le monde avait cassé avec moi. Je ne pouvais pas m'en étonner mais j'aurais aimé que ce soit moins unanime. Shamseddine fêtait ses 10 ans cette année et quand je lui demandai ce qu'il avait reçu comme cadeaux pour son anniversaire, il me répondit gaiement *un ballon de football et après j'ai eu le droit d'aller au barrage et d'inviter un copain. On a fait un pique-nique avec Papa et Maman et Ima Fouzia et Khalid mon meilleur ami, c'était vraiment génial.*
Un ballon. Un seul copain. Un pique-nique génial. Je me mis à pleurer comme jamais je n'avais réussi à le faire. Une émotion infinie colonisa mon visage et des larmes se faufilèrent jusque dans mon cou, pendant des heures, sans relâche, avec un goût acidulé et une terrible sensation de chaos dans ma poitrine.
Il avait continué de me poignarder avec des détails affreusement joyeux. Il n'aurait bel et bien 10 ans

qu'une fois dans sa vie et il s'en souviendrait de son Jabulani bien rond et tout neuf (peu importait que la trajectoire du ballon soit aléatoire au-dessus de 70 km/h, ce qui comptait pour lui, c'est que son ballon était beau). Il ne savait pas qu'avec ses simples mots, tout soleil de la spiritualité qu'il était, il venait de provoquer en moi une émeute féroce et sombre. Il déterrait la carcasse repue de mon enfance et ça me foudroyait de douleur.

Je ne parvenais plus à répondre à ses questions alors je l'entendis me dire *Ryan, Ryan t'es là ?* Il roulait les *r* mais c'était naturel chez lui. Il voulait simplement que son grand frère (il ne soulignait jamais le *demi*) partage ses bons moments avec lui. J'avais raccroché parce que je n'avais pas d'autre choix. Mes cordes vocales étaient ligaturées et elles le furent longtemps après cela. De toute façon, je n'avais pas grand-chose à dire, encore moins à quelqu'un. Personne, et surtout pas mon innocent petit demi-frère, ne pourrait comprendre ce qui avait déclenché mon malaise. Je me voyais mal aller déranger un psychologue pour lui dire : *il a reçu un ballon et ils sont allés faire un pique-nique avec un seul copain et moi j'ai eu envie de mourir...*

Il m'aurait baratiné avec des mots simples mais choc, ceux qui soi-disant déverrouillent nos problèmes les plus complexes, il m'aurait emboucané comme tous les mecs émérites qui ont les réponses mais qui tiennent à ce que vous les trouviez vous-même. Plus malhonnête qu'un serrurier un jour férié, il aurait mis l'accent sur une éventuelle involution, une rivalité hypostatique, une régression féconde peut-être aussi. Je n'avais pas la moitié du boulard de ces intellectuels mais je savais à quel moment j'avais glissé. Un ballon. Un pique-nique. Un copain. La trinité parfaite pour fêter ses 10 ans. Sans outrance et avec modération. Car il y avait de quoi fêter ses 10 ans, ça n'arrive qu'une fois dans une vie petit frère…

Ma plomberie interne se remit à déconner et je pleurai pendant des plombes comme un con devant mon écran d'ordinateur. J'étais le plus grand coulage de l'histoire depuis Jeanne Mas et, plus grave encore, personne ne prédisait son retour.

Le temps filait. Je ne répondais plus aux appels de ma famille et de mon petit demi-frère en particulier qui se demandait avec raison pourquoi j'avais disparu. Il avait sans le vouloir (mais ça je m'en fichais) baptisé un titan. Comme tous les gens qui nous ressuscitent, on a ce besoin vital de les flinguer un jour. Parce qu'ils ont touché sans notre permission là où ça fait mal. Là où ça pue. Là où ça détraque. Et surtout parce qu'il est trop difficile de faire mieux pour un dégonflé comme moi. Alors je choisissais de m'en prendre à lui, ce petit demi-frère mignon et innocent. Sa seule présence avait suffit à invalider la mienne. Il était donc préférable que je lui barre ma route et que ça sonne dans le vide. Qu'il en chie après tout, il n'y a pas de raisons.

Je pensais qu'avec le temps ma rancœur allait s'atténuer mais au contraire, elle se propagea dans tout mon être et bien au-delà. J'aspergeais la toile de mon fiel venimeux, de plus en plus obscène et de plus en plus interdit. J'affolais tous les filtres modérateurs des sites que j'allais

pilonner et souvent mes propos parvenaient à percer, à cause de la liberté d'expression, ou grâce à elle. Cette liberté que je confondais volontairement avec de l'impunité. C'est ma liberté de confondre ce que je veux avec qui je veux, quand je veux, où je veux et si je veux.
Je le veux.

Tout m'insupportait. Je contestais tout et son contraire. Je revendiquais tout et n'importe quoi. Je contredisais tout le monde et personne. J'étais aussi utile qu'une valise sans poignée mais devant mon clavier je pouvais quand même la faire exploser. Plus grand-chose ne m'animait, j'étais allé aussi loin que possible sur internet, les sites les plus déviants faisant partie de mes favoris. J'aurais tout donné pour éprouver une dernière fois un sentiment d'excitation. Celle d'une pucelle californienne le soir de sa « prom-night », d'un dirigeant français devant un émir du Qatar ou d'un pédophile dans un magasin de jouets. Juste vibrer pour quelque chose, même élémentaire, mais frémir et tressaillir et frissonner et étouffer un petit cri exalté.

Marthe n'en finissait pas de vivre. Ma mère s'impatientait de récupérer la maison et, pour conserver sa place de choix dans la succession, elle s'en occupait soigneusement, faisant passer Fabienne pour une bonne amie et rien de plus. De toute façon, la maison était assez grande pour qu'elles puissent beugler sans être entendues par ma grand-mère. Comme s'il y avait quelque chose à célébrer dans le pourrissement d'une personne, ma brillante mère ne trouva rien de mieux que d'organiser une fête à l'occasion de ses 93 ans, en petit comité, pour ne pas la fatiguer. Merci. Je me déplaçai jusqu'à Pau pour éventuellement gratter quelque chose, une bricole, du liquide et m'assurer surtout qu'ils ne me manqueraient pas. Je retrouvai un peu de mon enfance ici et c'est sur la balançoire que je me précipitai en premier, tellement j'aimais ce creux dans le ventre qu'on ressent quand on se balance avec élan et qu'on est à deux doigts de s'envoler mais que ça n'arrive pas, alors on recommence en se disant *cette fois c'est sûr, je vais décoller.* Et non, toujours pas.

J'aimerais pouvoir me rappeler la dernière fois où j'ai joué sur cette balançoire. Si j'avais su que c'était la dernière, en aurais-je plus profité ? On ne prévient pas les enfants que c'est la dernière fois qu'ils jouent à cache-cache ou au ballon prisonnier ou à la chasse à l'homme. Un jour, un autre jeu le remplace avec de nouvelles règles, plus alambiquées, moins primaires et sans que personne nous avertisse on se retrouve à serrer la main de son pote pour dire *salut, tu vas bien ?* alors que la veille on ne s'embarrassait pas de salamalecs, on posait la seule question qui vaille : *Tu viens, on va jouer ?* Rien de superflu.

Pas comme ce buffet déprimé que ma mère avait commandé chez un traiteur de merde mais rehaussé d'olives noires et vertes, parsemé de persil et saupoudré de safran et de curry. Ma grand-mère mâchouillait ce qu'elle pouvait, mes tantes se refilaient des recettes à base d'écrevisses. *Mets des crevettes à la place, c'est pareil et c'est quand même plus consistant…* Fabienne prodiguait des conseils de beauté à base d'huile et de poudres magiques, *l'huile d'argan c'est fini, maintenant c'est la poudre de nigel qui fait des miracles…* tandis que ma mère se lançait dans son discours consternant fait de jeux de mots indigestes et de rimes rigolotes, *et ma petite maman du haut de tes 93 ans et avec presque toutes tes dents…*

Ils ne me manqueraient pas.

Je rentrai en train car je n'avais toujours pas passé mon permis. Ma grand-mère m'avait justement glissé une petite enveloppe *pour apprendre à conduire, il serait temps quand même…* Si seulement elle m'avait offert une voiture peut-être que ça m'aurait motivé mais là je n'avais aucun scrupule à utiliser ces quelques centaines d'euros pour me faire plaisir. La question était : comment ? Si je maîtrisais l'art de critiquer chaque truc qui se passe, j'étais moins dégourdi lorsqu'il s'agissait de moi.

Entre Bordeaux et Poitiers, je couchai sur une feuille de papier toutes les choses qui pourraient éventuellement me faire plaisir. Je commençai par des plaisirs de prolo, s'offrir un écran plat 1000 pouces, se faire un super-restaurant branché, partir à la mer mais là où il y a des transats, ou encore s'acheter un costard hyper-classe avec une doublure flashy. Rien de tout ça ne me procurait le préambule d'un début de commencement de plaisir, il fallait que j'explore d'autres sentiers.

Une pute ? Je n'aimais pas les filles bien. Deux putes alors ? Les putes, c'était comme les ânes, leur regard me dérangeait. Je les baisais, pourtant c'est elles qui me perforaient. J'avais cette sensation à chaque fois et c'est justement pour éviter ça qu'on paye normalement. Même si je m'arrangeais pour ne pas avoir à croiser son regard pendant *l'agissement*, je l'entendais me regarder et transpercer mes cachotteries. Discrète, comme toutes les femmes élégantes, elle pliait le billet que je lui

tendais et forçait exagérément son accent parigot pour me mettre à l'aise et me laisser croire qu'elle n'était qu'une pute.
Mais ça non plus ça ne me faisait pas plaisir. Je me soulageais régulièrement devant des films amateurs cradingues et des petites Japonaises en cire qui font non, non, non mais c'était ailleurs, il me semblait, que j'allais trouver ma voie.

Après de vaines tentatives en numéro masqué, mon petit demi-frère renonça à m'appeler et nos liens s'étiolèrent enfin. Ça valait mieux comme ça. Au pire il serait un tout petit caillou dans ma chaussure, celui qui fait boiter mais qui n'empêche pas d'avancer. Même si c'est en zigzag. De toute façon, je ne comptais pas aller bien loin parce que j'avais un truc en tête, inavouable pour l'instant mais qui me titillait la caboche.
Ça s'était installé clandestinement en moi, à force de souscrire à tout. Toujours. Tout le temps. Forcé d'escorter la parade du monde sans résister. Rouspéter à la limite. C'était même recommandé pour jouer à la démocratie et faire du remue-ménage. Berner les gens en faisant du raffut et trancher comme prévu là où c'était décidé depuis toujours. Voilà comment les choses fonctionnaient. Époumoner les gens en ballottant une carotte de gauche à droite jusqu'à ce qu'ils mordent dedans comme des indigents en sursis.

Je zappais d'une chaîne à l'autre, toutes plus amoureuses les unes que les autres des Arabes qui s'étaient enfin réveillés. Unanimes et en admiration absolue. Ils avaient une sacrée cote qui évidemment ne durerait pas. C'est immédiatement à la policière Fadia Hamdi que je m'intéressai car sans elle Mohamed Bouazizi vendrait encore des *gourgettes* à un dinar sur un trottoir privatisé par l'État. Encore et toujours, ce syndrome Joseph Jackson… Comme quoi une bonne torgnole de temps en temps peut faire des miracles.

De passage à la maison, Fabienne et ma mère s'émouvaient de la révolution de jasmin, *tiens il faudrait qu'on en fasse pousser à Pau, qu'en penses-tu chérie ?* et s'imaginaient, j'en suis sûr, retenter l'expérience de l'Asiatique avec un petit Bouzid en guenilles. Heureusement les pays musulmans ne bradaient pas leurs gamins miséreux, ils leur apprenaient à la place à gérer leur dénuement avec fierté.

Les goinfres occidentaux jouaient dégueulassement des coudes, l'air bouleversé en permanence dans leurs attachés-cases, pour être les premiers à reconstruire le pays. L'Arabie saoudite, qui abrite les lieux saints, n'en était plus à une contradiction près et hébergeait crapuleusement les plus gros fils de pute du monde arabe, laissant des peuples patraques et courbaturés de s'être autant agenouillés. *Non c'est sûr, tu n'as pas tort Ryan mais prenons aussi*

le temps de nous réjouir quand quelque chose de positif se passe dans le monde... Tu ne peux pas toujours être énervé, il faut lâcher prise de temps en temps mon chéri, n'est-ce pas Ako ?
Fabienne crut bon de sortir les albums photos poussiéreux du placard, ma mère trouva que c'était une merveilleuse idée. Je continuai de regarder la télévision sans me préoccuper de leurs commentaires attendris mais ma mère me plaqua une photo de moi en pyjama devant les yeux en disant *tu as vu comme tu es choupinet là ?* Je devais avoir 10 ans, je sortais de mon bain-bain quotidien, les cheveux encore mouillés, plaqués sur le côté, dans un pyjama Spiderman en faisant *cheese* et le *v* de la victoire avec ma petite mimine.
Je m'en souvenais très bien, c'était le jour de mon anniversaire et j'avais fait tout ce que Maman m'avait demandé pour avoir le droit de manger un hamburger dans ma chambre et jouer avec ma nouvelle console jusqu'à dix heures du soir. Je lui avais montré le maximum de mes dents et j'avais posé comme pour un casting en faisant ce geste ridicule d'inconsistance pour un gamin de mon âge. Je n'étais plus jamais capable d'évoquer mon enfance sans être inondé d'un torrent de larmes abondant. Je ne parvenais pas à clairement identifier ce malaise, tout ce que je sais, c'est que c'était

bizarre. Louche plutôt. J'allai m'enfermer dans ma chambre et je supprimai CharlMartel7, Sarrasin19 et tous mes complices.

Bonjour Monsieur, j'aurais besoin d'un accumulateur au plomb. Bonjour Madame, auriez-vous un interrupteur à bascule ? Est-ce que la réduction concerne le fer à souder uniquement ou tout le rayon bricolage ? Elle concerne tout le rayon sauf les câbles électriques. Merci Madame. Bonjour Monsieur, un minuteur de cuisine s'il vous paît et sauriez-vous par hasard où je pourrais trouver une sirène d'alarme électronique ?
Je me rendais dans des magasins différents pour ne pas susciter de méfiance inutile. J'avais laissé le fût de bière métallique de 5 litres pour la fin et évidemment, ce jour précis, l'ascenseur était en panne. Seul à la maison (Fabienne et ma mère étaient en vacances en Tunisie pour contribuer à leur niveau à la *renaissance* du pays), je bidouillai ma bombe avec maestria. Je m'étais finement documenté, j'avais archivé tous les sites experts et des bricoleurs partageaient leur passion avec moi sur des forums en langage codé.
Pour m'amuser un peu, je téléchargeai la sonnerie des Teletubbies sur un portable neuf et je visitai Paris et ses quartiers chic sur Google Maps. *Mon Dieu que le VIIe est vert, on ne dirait pas comme ça…*

Je répertoriai les crèches du quartier et j'en choisis une bilingue pour entendre les *Mummys* s'exclamer *Oh my God.* Les plus sophistiquées crieraient *Oh my Gosh.* C'était sexy comme juron. Et terriblement international. Tous ces petits citoyens du monde allaient péter à 9 heures précises lundi 28 mars. Dans une crèche pareille, il y aurait trois voire quatre fois plus de caméras. La longévité de l'émotion serait multipliée par deux et l'impact que mon événement occasionnerait le serait facilement par trois.

Je marchais coiffé de ma casquette des Yankees uniquement. Je saluai les gendarmes de l'Assemblée nationale et continuai rue de Bourgogne, manquant de me faire écraser par des voitures bleu marine avec un pompon au rétroviseur. Il était 8 heures, j'avais pris de l'avance pour boire un café crème et regarder les gens passer. Une femme de ménage marocaine (elle avait une tête de Marocaine) me demanda l'heure. *Il est exactement 7 heures et 59 minutes Madame. Merci.* Elle fit quelques pas puis se retourna en me demandant, sceptique : *Vous êtes sûr ? Vous n'avez pas oublié qu'on passait à l'heure d'été ?*

J'suis con. Merde.

Boum.